Stendel

Sigrid Früh

# Rauhnächte

## Märchen, Brauchtum, Aberglaube

Umschlagbild: © Friedrich Hechelmann,
aus „Ein Weihnachtstraum", Weitbrecht Verlag, Stuttgart
Satz: Verlag Stendel
Druck: Windhueter, Schorndorf
Bindung: Nething, Weilheim
2. Auflage, 6.-10. Tausend, November 1998
ISBN 3-926789-24-7

Die Rauhnächte oder Zwölften, wie die Zeit von Weihnachten bis zum Dreikönigstag am 6. Januar auch genannt wird, ist eine Zeit der Geister und Seelen. Vielfältiges Brauchtum, Orakel, Magie und Aberglaube rankt sich um diese Tage und Nächte.
Durch die Lüfte braust die Wilde Jagd, geführt vom Wilden Jäger, dem Wode und dringt in die Häuser, wenn Türen und Fenster nicht gut verschlossen sind. Versunkene Schlösser und Schätze steigen empor, Zwerge kommen zu Besuch und müssen bewirtet werden. Fremden Tieren ist in dieser Zeit nicht zu trauen, weil die Hexen oft ihre Gestalt annehmen.
Die Zeit der Sonnwende, des Wechsels hat die Menschheit schon immer beeindruckt und beschäftigt. Schon in vorchristlicher Zeit wurde die Wintersonnwende als Geburt der Sonne gefeiert.
Diese Tatsache nutzten die christlichen Missionare für ihr Tun. Sie feierten die Geburt Christi (der historische Jesus von Nazareth kam nicht am 24.12. zur Welt) als die auf die Erde gekommene Sonne.
Diese Zeit des Wechsels war und ist eine Zeit des Kampfes des Lichts mit der Finsternis, des Guten mit dem Bösen.
Und in Märchen und Sagen ist die Erlösung der verwunschenen Prinzessin oder das Ende der langen Suche oft nur in einer dieser besonderen Nächte möglich.

# Der Graf und die Schwanenjungfrau

Vor langer, langer Zeit lebte in Lothringen einmal ein Graf, der große Freude an der Jagd hatte. Nun geschah es, daß er an einem stillen Abend Wasserenten nachstellte. Da sah er plötzlich drei Schwäne heranfliegen. Die warfen ihre Schwanenkleider ab, und es waren drei wunderschöne Jungfrauen. Der Graf nahm heimlich das Schwanenkleid der Jüngsten, und sie mußte ihm nachfolgen. Da der Graf jung und schön war, begann sie ihn zu lieben und nahm ihn zum Manne.

Zu ihrem Mann aber sagte sie: „Wenn ich je wieder mein Schwanenkleid vor mir sehe, dann muß ich von dir weg in die weite Welt fliegen."
Daraufhin gab der Graf das Schwanenkleid seiner alten Mutter zur Aufbewahrung.
Nun waren sie schon sieben Jahre verheiratet und hatten drei Kinder. Da geschah es einmal, daß die alte Mutter des Grafen in ihrer Kammer kramte. Dabei fiel ihr das Schwanenkleid in die Hände, und eben in diesem Augenblick betrat die Gräfin den Raum. Als sie das Schwanenkleid sah, schrie sie laut auf, zog es sich über, flog als Schwan zum Fenster hinaus und rief: „Grüße meinen Mann und meine Kinder. Sage ihm, wenn er mich finden will, dann muß er mich suchen im gläsernen Berg, der auf dem blanken Felde steht, denn ich bin eine verwunschene Prinzessin."
Sie flog über den Wald hinweg, und da sah sie ihren Mann den Rehen und Hasen nachjagen, und das Herz wollte ihr zerspringen.

Als der Graf nach Hause kam, erzählte ihm seine Mutter was geschehen war. Der Graf weinte sehr, denn er hatte seine Frau sehr lieb. Er übertrug die Aufsicht über Schloß und Kinder seiner Mutter und machte sich auf, in die weite Welt zu wandern und den gläsernen Berg auf dem blanken Felde zu suchen. Aber wohin er auch kam, niemand hatte davon gehört.

Eines Tages kam der Graf an eine Hütte, die am Rande eines tiefen Waldes stand. Er fand darin einen Mann, der so alt war, wie er noch nie einen gesehen hatte.

Dieser sprach den Grafen an: „Wo kommst du denn her? Seit hundert Jahren habe ich keinen einzigen Menschen mehr gesehen."

Da erzählte der Graf, daß er den gläsernen Berg auf dem blanken Felde suche.

Und der Alte sprach: „So lange lebe ich nun schon in der Welt, doch davon habe ich nie gehört. Bleibe bei mir über Nacht, wandere am nächsten Morgen weiter und du wirst zu meinem Bruder kommen, der lebt schon viel länger auf dieser Welt als ich, vielleicht kann er dir helfen."

Am Morgen gab der alte Einsiedler dem Grafen einen Ring mit einem roten Stein als Zeichen für seinen Bruder. Als es Abend wurde, kam der Graf wiederum zu einer Hütte.

Darin saß ein noch älterer Mann, und der sprach den Grafen an: „Wo kommst du denn her? Seit zweihundert Jahren habe ich keinen Menschen mehr gesehen."

Da erzählte der Graf, daß er von dessen Bruder käme. Er zeigte auch den Ring und fragte dann, ob der Alte denn wisse, wo der gläserne Berg auf dem blanken Felde stehe.

Aber auch der sprach: „So lange lebe ich nun schon auf dieser Welt, doch davon habe ich nie gehört. Bleibe bei mir über Nacht, wandere am nächsten Morgen weiter und dann wirst du, wenn es Abend wird, ganz oben bei Eis und Schnee zu unserem ältesten Bruder kommen. Vielleicht kann er dir helfen."

Am nächsten Morgen gab der alte Einsiedler dem Grafen einen Ring mit einem blauen Stein als Zeichen für seinen älteren Bruder.
Als es Mittag war, wanderte der Graf an einem Felsen vorüber. Unter dem Felsen lag ein toter Stier und davor saßen ein Löwe, ein Windhund, ein Adler und eine Ameise. Die stritten sich um den Stier, und als sie den Grafen sahen, baten sie, daß er zwischen ihnen entscheiden solle.
Der überlegte nicht lange und sprach: „Dir Löwe gebe ich das Fleisch, dem Windhund die Knochen, dir Adler das Gekröse und der Ameise den Kopf, den sie danach gleich als Wohnung behalten kann."
Die Tiere waren es zufrieden, und der Graf wanderte weiter. Plötzlich kam ihm der Windhund nachgejagt, und der Graf dachte, die Tiere hätten wieder zu streiten begonnen.
Der Windhund aber rief: „Wir haben vergessen, dir zu danken, kehre mit mir um, damit wir dies nachholen können."
Als nun der Graf wiederum bei den Tieren war, da gab ihm der Löwe ein Haar und sprach: „Wenn du es zwischen den Fingern reibst, dann wirst du ein Löwe werden wie ich und sieben Mal stärker sein denn ich."
Der Windhund gab ihm ein Haar und sprach: „Wenn du es zwischen den Fingern reibst, dann wirst du ein Windhund werden wie ich und sieben Mal schneller sein denn ich."
Der Adler, der gab ihm eine Feder und sprach: „Wenn du sie dir ins Haar steckst, dann wirst du ein Adler werden wie ich und sieben Mal höher fliegen können denn ich."
Zuletzt gab ihm die Ameise einen Fuß und sprach: „Wenn du ihn dir zwischen die Lippen legst, dann wirst du eine Ameise werden wie ich und sieben Mal kleiner sein denn ich." Der Graf dankte den Tieren und steckte ihre Geschenke in eine goldene Kapsel, die er auf der Brust trug.
Am Abend kam er ganz oben bei Eis und Schnee zu einer Hütte und darin fand er einen ur-, uralten Mann, noch viel älter als die beiden anderen.

Der sprach den Grafen an: „Wo kommst du denn her? Seit dreihundert Jahren habe ich keinen einzigen Menschen mehr gesehen."
Der Graf erzählte, daß er von dessen Brüdern käme. Er zeigte die Ringe zum Zeichen und fragte den Alten, ob er denn wüßte, wo der gläserne Berg auf dem blanken Felde stehe?
Da sprach der Alte: „Wenn du bei mir bleibst und am nächsten Morgen immer mit der Sonne wanderst, dann wirst du, wenn es Abend wird, beim gläsernen Berg auf dem blanken Felde angekommen sein. Darin wohnt ein verwunschener König mit seinen drei Töchtern. Einmal im Jahr, zur Zeit der Sonnenwende, dürfen die Töchter als Schwäne in die weite Welt fliegen. Der Berg ist hoch und ganz aus Glas, so daß nur der allerstärkste Adler bis ganz zur Spitze fliegen kann, und in das Bergesinnere führt eine winzig kleine Spalte, so daß nur die allerkleinste Ameise hindurch kommt."
Da freute sich der Graf in seinem Herzen. Von den Tiergeschenken jedoch erzählte er nichts.
Am nächsten Morgen wanderte der Graf immer mit dem Lauf der Sonne und als es Abend wurde, da funkelte es vor ihm, als ob tausend Sonnen scheinen würden. Da wußte der Graf, daß er jetzt beim gläsernen Berg auf dem blanken Felde angekommen war.
Er nahm die Feder des Adlers, steckte sie ins Haar und war ein starker Adler, der bis zur Bergesspitze flog. Dort nahm er den Fuß der Ameise, verwandelte sich und kroch in das Bergesinnere. Er kam zu einem Schloß, kroch in den ersten Saal und sah den alten König auf seinem Thron sitzen. Er kroch in den zweiten Saal, da sah er zwei Prinzessinnen. Er kroch in den dritten Saal, und dort, dort sah er seine Frau, und die weinte.
Da verwandelte sich der Graf, stellte sich hinter seine Frau, und jetzt sah sie im Glas sein Bild. Sie wandte sich um und

umarmte ihn voller Freude, daß er zu ihr gefunden hatte.
Da erzählte der Graf, daß er gekommen sei, um sie zu erlösen, und er sprach: „Ich werde mich jetzt wieder in eine Ameise verwandeln und mich auf dein Handgelenk setzen. Beim Abendessen mußt du deinen Vater fragen, wie ihr zu erlösen seid."
Beim Abendbrot fragte die Schwanenfrau den alten König: „Vater, was muß denn geschehen, damit wir endlich erlöst werden?"
„Ach", sprach der König traurig, „dies wird wohl nimmermehr geschehen. Unser Erlöser müßte zuerst mit dem siebenköpfigen Drachen kämpfen, der den gläsernen Berg bewacht und dem der Hofherr jeden morgen zwölf Schweine bringen muß. Er müßte aber auf einmal alle sieben Köpfe abschlagen, denn läßt er nur einen stehen, wachsen all die anderen Köpfe wieder nach. Gelingt es ihm aber, alle sieben Köpfe auf einmal abzuschlagen, dann kommt aus dem siebenten Stumpf ein weißer, dreibeiniger Hase gesprungen, der ist schneller denn der Wind, und dieser Hase wird zu einer Taube, und diese Taube trägt einen Karfunkelstein. Diesen Karfunkelstein müßte unser Erlöser in die Bergspalte werfen. Es müßte aber noch heller Morgen sein, Schnee müßte vom Himmel fallen und alle Glocken im Tal, die müßten zu läuten beginnen. Dies wird wohl nimmermehr geschehen, denn wer sollte denn je davon erfahren? Und es müßte auch gerade der Morgen des Heiligen Abends sein, denn nur dann kann der gläserne Berg überwunden werden."
Als nun die Schwanenfrau in ihren Saal zurückgekehrt war, da nahm ihr Mann von ihr Abschied und sprach: „Ich werde jetzt wieder als Ameise aus dem Berg kriechen und dann werde ich mich bei dem Hofherren als Schweinehirt verdingen."
Der Hofherr, dem der junge und schöne Graf leid tat, sprach: „Ach, es ist sehr gefährlich, die Schweine in die

Nähe des Drachen zu treiben. Wenn der nämlich zornig ist, dann verschlingt er zuerst den Hirten."
Aber der Graf sprach: „Gib mir ruhig die Schweine und vielleicht bringe ich sie dir heute Abend alle wieder zurück."
So trieb nun der Graf die Schweine in die Nähe des Drachen. Der kam geflogen, das Feuer lohte ihm aus allen Mäulern, und die Luft war dick mit Schwefel erfüllt. Der Graf aber verwandelte sich in einen Löwen und begann mit dem Drachen zu kämpfen. Es gelang ihm, drei Köpfe des Drachen abzureißen.

Da schrie der Drache: „Hätte ich jetzt einen Schluck Blut von den Schweinen, hätte ich die Kraft und könnte dich vollends besiegen."
„Und hätte ich jetzt einen Schluck Wein und einen Bissen Brot", rief der Graf „dann hätte ich die Kraft und könnte dich vollends überwinden."
Er verwandelte sich zurück und trieb die Schweine dem Hofherren zu. Der wunderte sich, daß der Graf mit allen zurückkam.
Am zweiten Morgen trieb der Graf wiederum die Schweine in die Nähe des Drachen. Wieder kam der Drache geflogen, das Feuer lohte ihm aus den Mäulern, und der Schnee begann zu schmelzen. Wieder verwandelte sich der Graf in einen Löwen, um mit dem Drachen zu kämpfen. Es gelang ihm, fünf Köpfe des Drachen abzureißen, und der Drache schrie: „Hätte ich jetzt ein Schluck Blut von den Schweinen, dann hätte ich die Kraft und könnte dich vollends besiegen."

„Ja," sprach der Graf „und hätte ich jetzt einen Schluck Wein und einen Bissen Brot, dann könnte ich dich vollends überwinden."
Er verwandelte sich zurück, trieb die Schweine dem Hofherren zu, der sich wunderte, daß der Graf abermals mit allen zurückkehrte.
Er sprach zu seinem Diener: „Folge ihm morgen heimlich nach, um zu sehen was er macht auf der Weide. Nimm aber auch einen Laib Brot und einen Krug Wein mit, damit du ihm zu trinken und zu essen geben kannst, wenn es ihn hungert und dürstet."
So trieb der Graf am dritten Morgen, und es war gerade der Morgen des Heiligen Abends, noch einmal die Schweine in die Nähe des Drachen. Der Diener jedoch folgte ihm heimlich nach. Der Drache kam abermals geflogen und das Feuer lohte ihm aus den Mäulern, so daß der Schnee ringsum zu schmelzen begann.
Wieder verwandelte sich der Graf in einen Löwen, um mit dem Drachen zu kämpfen und es gelang ihm, sechs Köpfe des Drachen abzureißen.
Da schrie der Drache wieder: „Hätte ich jetzt einen Schluck Blut von den Schweinen, dann hätte ich die Kraft und könnte dich vollends besiegen."
„Ja," rief der Graf, „und hätte ich jetzt einen Schluck Wein und einen Bissen Brot, dann hätte ich die Kraft, dich vollends zu überwinden."
Da sprang der Diener aus seinem Versteck hinzu, und er gab dem Grafen einen Bissen von dem Laib Brot und einen Schluck aus dem Krug Wein. Daraufhin kehrte alle Kraft in den Grafen zurück. Er begann noch einmal mit dem Drachen zu kämpfen. Und jetzt, jetzt gelang es ihm, alle sieben Köpfe auf einmal abzureißen.
Siehe, da sprang aus dem siebenten Halsstumpf ein weißer, dreibeiniger Hase und der war schneller als der Wind. Der Graf aber verwandelte sich in einen Windhund,

rannte dem Hasen nach und biß ihn. Da flog steil in die Lüfte eine Taube, aber der Graf verwandelte sich in einen Adler, jagte der Taube nach und schlug sie.

Diese ließ den Karfunkelstein fallen. Und noch im Flug fing ihn der Graf auf. Er kam gerade auf der Spitze des gläsernen Berges zu stehen, und da sah er, daß es noch heller Morgen war. In diesem Moment fiel der Schnee vom Himmel, und alle Glocken im Tal begannen zu läuten.

Da nahm der Graf den Karfunkelstein, warf ihn in die Bergesspalte und der gläserne Berg sank mit lautem Bersten zusammen. Aus dem Schloß aber kam der alte König mit seinen drei Töchtern.

Die Jüngste lief auf den Grafen zu, umarmte ihn und sprach zu ihrem Vater: „Dies ist mein lieber Mann, der uns alle erlöst hat."

Dann spannten sie einen Schlitten an mit sechs Rappen davor, und sie fuhren nach Lothringen. Dort holten sie die alte Mutter und die drei Kinder des Grafen und der Schwanenfrau.

Und der Graf und die Schwanenfrau, die wurden König und Königin in dem erlösten Schloß.

**Brauchtum & Aberglaube**
*der Rauhnächte, Zwölften, Heiligen Nächte, Lostage*

*In den zwölf Nächten darf nicht gesponnen werden, es tun dies bloß die Hexen.*

*Wer in dieser Zeit eine Tür laut zuschlägt, der hat im Sommer den Blitz zu befürchten.*

*Alles Ackergerät muß unter Dach sein, kein Backgerät oder Holz darf vor dem Ofen liegen bleiben.*

*Wer sein Bett in diesen Tagen im Freien lüftet, bekommt im nächsten Jahr Krebs.*

*Vor diesen Tagen soll alles was verliehen wurde, wieder im Hause sein und Geliehenes soll man zurückbringen. Wer dies nicht tut, ist eine Hexe.*

*Wer in diesen Tagen Nägel oder Haare schneidet, bekommt böse Finger und wird unter Kopfschmerzen leiden im nächsten Jahr*

*Wer in diesen Tagen am Morgen aufsteht und pfeift, hat Unglück zu erwarten.*

*Wer einen Apfel oder eine Nuß vom Erdboden aufnimmt, bekommt einen bösartigen Ausschlag.*

Wer auf ein Zwirnknäuel am Weg tritt, wird aussätzig.

Jegliche Arbeit ist verboten in den Rauhnächten, sonst fällt der Wolf in die Herde und das Vieh gedeiht nicht.

Jegliche Beschäftigung mit Flachs ist aufs Strengste verboten, man soll nicht Flachs brechen oder spinnen, noch Flachs auf dem Rocken lassen, sonst jagt der Wode hindurch und Frau Holle (Berchta, Perchte) zürnt, die Schafe bekommen die Drehkrankheit, die Kinder lernen das Sabbern, Ratten, Mäuse, Flöhe und Kröten kommen ins Haus.

Mit einem Besen, der an jedem Tag in dieser Zeit ein wenig weitergebunden wird und am Dreikönigstag fertiggestellt ist, kann man Raupen aus dem Kohl treiben; er schützt gegen alle Hexerei und bringt dem Vieh Gedeihen. Legen die Hühner Eier ohne Schale, so müssen sie durch solch einen Besen gefüttert werden; wurde das Vieh behext, so läßt man Wasser durch den Besen laufen und gibt es dann dem Vieh zu saufen. Wer mit solch einem Besen am Ostermorgen alle Ecken im Haus kehrt, dessen Haus bleibt von allem Ungeziefer verschont.

Elstern, die in den Rauhnächten geschossen werden, sollen zu Pulver verbrannt werden. Das hilft gegen das kalte Fieber.

Wer Erbsen oder Hülsenfrüchte in dieser Zeit zu sich nimmt, bekommt Krätze, Geschwüre oder Ungeziefer und stirbt im nächsten Jahr.

*In diesen Tagen haben Heilkräuter ihre größte Wirkungskraft.*

*Die Träume der zwölf Nächte erfüllen sich in den entsprechenden Monaten des Jahres. Träumt man vor Mitternacht, so erfüllt sich dies in der ersten Hälfte des Monats, Träume nach Mitternacht am Ende des Monats.*

*So viele Knöpfe einem an einem Kleidungsstück fehlen in dieser Zeit, so viele Geldstücke werden einem im Jahr gestohlen.*

*Stirbt jemand in den Zwölften, so werden im folgenden Jahre zwölf Leichen aus dem Orte folgen müssen.*

*Wenn in den Zwölften viel Wind geht, sterben im folgenden Jahr viele alte Frauen.*

*Wenn die Eiszapfen in den Rauhnächten lang sind, wird auch der Flachs lang.*

*Gibt es zu dieser Zeit viel Nebel, gibt es ein nasses Jahr, ist es hell und klar, ein trockenes.*

*Reif in der Zeit der Rauhnächte bedeutet ein fruchtbares Jahr und viel Obst, ebenso Eisblumen am Fenster und viel Schnee an den Bäumen.*

*Die zwölf Heiligen Tage von Weihnachten bis Dreikönig heißen die \`zwölf Lostage´. Wie das Wetter sich an die-*

sen Tagen verhält, so wird es in den zwölf folgenden Monaten sein und zwar in der Art, daß immer sechs Stunden die Witterung eines Viertelmonats anzeigen.
Man muß am Weihnachtsabend mit diesen Beobachtungen beginnen, macht zwölf Ringe auf ein weißes Papier und teilt jeden Ring durch ein Kreuz in vier Teile. Sind nun die ersten sechs Stunden hell und sonnig, so bleibt das erste Viertel des Kreises leer und weiß, und das bedeutet einen trockenen Viertelmonat. Ist das Wetter aber trüb, dann wird das erste Viertel des Kreises überzeichnet und dunkel gemacht, was einen nassen Viertelmonat anzeigt. Ebenso zeichnet man alle übrigen Kreise. Andere schreiben hinein: „trüb, hell, naß oder kalt."
Der 6. Januar ist der dreizehnte Tag und der entscheidet zuletzt, ob die Wetteranzeige der zwölf Lostage richtig ist und wirklich eintreffen wird. Ist das Wetter an diesem Tage trocken, so sind die Lostage gültig; gibt´s aber Schnee oder Regen, so sind sie verworfen und ungültig.

# Ein Reiter
# in den Zwölften

Diese Geschichte hat mir mein Nachbar erzählt. Ich weiß nicht genau, was gelogen und was wahr daran ist; er ist ein alter Mann, der gerne über Leute redet, und es ist möglich, daß er dabei ins Übertreiben geriet.

Es ist bei uns Sitte, zwischen Weihnachten und den Heiligen Drei Königen mehrmals frische Kleider anzulegen, Mädchen und Frauen pflegen ihr Haar und schmücken sich bestens. In den Zwölften, so nennen wir die Zeit, dürfen die Leute auch keine Wäsche waschen. Es heißt, daß alles, was draußen zum Trocknen aufgehängt wird, dem Wilden Jäger Gewalt über die Menschen gibt, denen die Kleidung gehört.

In der nahen Ölmühle, das erzählte mir der Alte, hat vor langer Zeit, als unsere Großväter noch jung waren, eine schöne Frau gewohnt, die war sehr hochfahrend. Weder ihr Mann noch die anderen Leute haben ihr widersprechen dürfen, sie hat alles selbst am besten gewußt.

Solcher Hochmut kam aber davon, daß sie gute Freunde bei den Unterirdischen hatte, die ihr alles, was sie wissen wollte, beantworteten und, was sie an Handwerksarbeit nötig hatte, für billiges Geld zurechtfeilten. Die Frau legte, was herzustellen war, meist nur mit einem Brieflein und einigen Schillingen abends in die Küche, da fand sie es morgens neu und fertig vor.

Zu Weihnachten aber bekam sie jedes Jahr ein besonderes Geschenk; das läßt erkennen, daß sich die Unterirdischen, genau wie die Menschen, untereinander in den Heiligen Tagen Überraschungen bereiten.

Einmal, heißt es, haben die Wichte der Frau kleine Stäbe geschenkt, die brauchte sie nur im Kreis um die Kühe zu pflöcken, da liefen die nicht darüber hinaus. Ein anderes Mal wurde ihr als Geschenk eine Sense hingelegt, die mähte von selbst, wenn sie nur einmal angesetzt war. Und das dritte Mal haben die Unterirdischen der Frau einen Zauber angegeben, der sie ein Kindlein erwarten ließ, das ihr noch versagt und das ihr Wunsch war.

Aber viel Glück macht oft viel Hoffart; die Müllerin meinte längst, daß ihr Wort allein auf dem Hofe gelte. Als die Mägde zwischen Weihnachten und Neujahr nicht waschen wollten, hat sie den alten Brauch nicht beachtet und hat eine Greisin, die nicht mehr wußte, was für ein Tag es wohl sei, an das Waschfaß bestellt.

Ja, das Weib hat seinen Willen durchsetzen wollen und am Abend vorm Waschtag, weil niemand etwas von den eigenen Sachen hergab, selbst eingeweicht, was zu erreichen war: Tischdecken, Handtücher, Lappen und was weiß ich. Anderntags hat die alte Witsch, so hieß die Wäscherin, alles Zeug geruffelt und geschlagen, und die Frau hat es in den Wind gehängt; es war kein strenger Winter und gute Luft zum Trocknen.

Nun ist auch ein Kleid, das sie selbst getragen hatte, unter der Wäsche gewesen, und der Ölmüller, ihr Mann, sah es und bat sie, es nach drinnen zu bringen.

Sie hat ihn aber ausgelacht und gesagt, der Herr Wohljäger - so nennt sich der Reiter in den Zwölften - möge doch kommen, die alte Witsch und sie würden schon mit ihm fertig.

Die Leute, die es hörten, haben dazu geschwiegen, das war das Beste. Gegen Abend aber ist der Wind stärker geworden, ein zottiger Beritt ist durch die Wolken gefahren, und auf einmal ist der jungen Frau zumute gewesen, als habe jemand ihr Kleid berührt. Im gleichen Augenblick ist zu ihrem Schrecken auch schon ein Reiter in die Tür getreten, groß und rüstig, obgleich sein kurzer Bart schneeweiß war. „Willst wohl mitreiten?“ hat er gefragt.

Es ist sehr einsam um die Frau geworden. Die Mägde und Knechte hatten sich versteckt, und die alte Witsch ist schreiend die Diele entlanggelaufen.
Die Müllerin hat sich rasch besonnen. Sie hat wohl gemerkt, wer da zu ihr kam, aber sie hatte auch Mut und hat, während der andere sprach, lautlos die Zauberstäblein der Unterirdischen aus der Hand fallen lassen; Stäblein, über die niemand hinwegzuspringen vermochte. Dann hat sie sich umgewandt, um zu gehen. Aber die Hölzer gelten nicht für den Wohljäger, sie sind unter seinem Tritt aufgeflammt und zu Asche erloschen.
Als sie das sah, hat die Frau blitzschnell und noch im Flüchten die Sense ausgeschickt, ihr Kleid von der Leine abzuschneiden.
Aber das Kleid, das draußen hing, ist durch die Tür ins Haus und vor des Wohljägers Füße geweht. Die Zauberin hat sich nicht schützen können und bekam große Angst.
„Willst du mitreiten?" fragte der Reiter nochmals.
„Nein. Ich habe Haus und Hof! Laß mich", flehte sie. „Ich habe Mann und Knecht!"
Den Fremden schien's nicht zu kümmern, er hob schon die Hand nach ihr.
„Nein", schrie sie, „weil ich doch ein Kindlein trage!"
Das sagte sie, weil sie wußte, daß des Wohljägers Herrin allen Müttern zur Seite steht.
Sobald das Wort gefallen war, hat der Reiter denn auch von ihr abgelassen; aber er hat, als seine Hand niederfiel, gerade noch ihre Brust berührt.
Und die Frau wurde, kaum daß er gegangen war, schon von einer unüberwindlichen Sehnsucht nach dem Fremden befallen.
Ja, nicht nur sie, das ganze Haus hat immer nur von dem großen Reiter gespro-

chen, alle Leute haben sich nach ihm verzehrt und sind fast krank geworden.

Vor den Menschen hat die Frau stolz getan. Als es zum andermal auf Neujahr ging, hat sie sogar zum Trotz wieder waschen lassen und ein Kleid von sich und ein Hemd ihres Kindleins in den Wind gehängt.

Vielleicht wünschte sie sich jetzt wirklich, daß der Fremde noch einmal nach ihrer Hand packen würde, ohne daß sie sich zu entwinden vermochte. Aber die Wilde Jagd ist vorübergefahren, es ist niemand in ihr Haus eingetreten.

„Ja", sagte mein alter Nachbar, „der" - er nennt nie Namen, er weist nur mit der Hand nach draußen -, „der holt nur Frauen, die sich vor nichts fürchten, in sein Volk. Wer sich lange besinnen will, hat es mit ihm verdorben."

## Der Rauhnachtspuk

Unheimliche Geister gehen in den zwölf Rauhnächten um. In den drei Hauptrauhnächten - vor St. Thomas oder am Heiligen Abend, an Silvester und vor Heiligdreikönige - haben Hexen und Unholde die größte Macht. Der Bauer sieht es darum nicht gern, wenn an diesen Abenden jemand von seinen Leuten außer Haus ist.

Aber der Schuster-Toni von Lampersdorf bei Arnstorf lachte darüber und ging in der Nacht vor dem Dreikönigsfest nach Geiselsdorf zum Kartenspielen. Gegen zwölf Uhr nachts machte er sich auf den Heimweg.

Als er am Altberg über den kleinen Steg ging, merkte er, daß er nicht mehr allein war. Er schielte zurück und sah im ungewissen Schneelicht einen Geißfuß.

Jetzt wußte er, woran er war. Er schlug ein Kreuzzeichen nach dem anderen und keuchte die Anhöhe hinauf. Zu Tode erschöpft, erreichte er die Haustür und fand sie zum Glück offen. Als er noch zitternd ob der vorausgegangenen Schrecken aus dem Kammerfenster schaute, fuhr etwas mit greulichem 'Huio' am Fenster vorbei. Er hörte es noch ein paar Mal um das Haus heulen.

Wäre nicht am Schrot der geweihte Palmbusch gehangen und hätte man nicht an die Fenster und Türen drei Kreuze gezeichnet gehabt, so wäre es um den Toni geschehen gewesen.

## Der Weihnachtsjäger

Auf der „Maschemer Höhe (Meisiger Höhe)“ an der oberen Ausmündung der alten Steige in die Straße Kupprichhausen-Buch am Ahorn, etwa 150 m östlich der ehemaligen Hofsiedlung Meisenheim, steht ein Bildstock, der die Heilige Familie darstellt. Auf dem Sockel ist eingemeißelt: „Jesus Maria Josef zu Ehren hat Joh. Georg Nohe, Revierjäger zu Waldmannshofen, dieses Bildnis aufrichten lassen.“

Wir Schulkinder vom Hof-Ahorn, deren Weg täglich am Bildstock vorbeiführte, wollten wissen, warum dieses Bild errichtet wurde. Die alten Leute erzählten, es sei ein Jäger, der am Heiligen Abend wider allen Brauchs auf die Jagd gegangen ist, um noch eine Beute heimzubringen, vom „Wilden Heer“ erfaßt, in den Lüften fortgetragen und endlich auf der Maschemer Höhe abgesetzt worden. Er habe in seiner Not zur Heiligen Familie gebetet und gelobt, da, wo er wieder glücklich auf die Erde käme, ein Bild der Heiligen Familie errichten zu lassen.

Das Bild stand früher mitten auf dem Acker, wo nach der Sage der Jäger heil gelandet ist. Später wurde der Bildstock, der besseren Bewirtschaftung des Ackers wegen, an den Straßenrand versetzt, wo er sich heute noch befindet.

In meiner Jugend gab es Leute, die noch fest an ein „Wildes Heer“ glaubten. Es fährt mit Peitschenknall, Roßgewieher, Hundegebell und anderen schrecklichen Tier- und Naturlauten durch die Luft. Wenn man es hört, müsse man sich platt auf den Boden legen, sonst würde man mitgenommen.

Soweit die Mär.

# Der Wode

Den Wode haben viele Leute in den „Zwölften" ziehen sehen. Er reitet einen großen Schimmel. Ein Jäger zu Fuß und vierundzwanzig wilde Hunde folgen ihm. Wo er durchzieht, da stürzen die Zäune krachend zusammen, und der Weg ebnet sich vor ihm; gegen Morgen aber richten sich die Gehege wieder auf. Manche Leute behaupten, sein Pferd habe nur drei Beine. Er reitet stets die gleichen Wege an den Türen der Häuser vorbei, und zwar so schnell, daß seine Hunde ihm nicht immer zu folgen vermögen; man hört sie keuchen und heulen. Schon manchmal ist einer von ihnen liegengeblieben.

So fand man einmal einen von Wodes Hunden in einem Hof in Wulfsdorf, einen anderen in Fuhlenhagen auf dem Feuerherde, wo er sich hingestreckt hatte, ständig heulend und schnaufend, bis ihn am folgenden Weihnachtsabend der Wode wieder mitnahm.

In dieser Nacht darf man keine Wäsche im Freien hängenlassen. Die Hunde würden sie zerreißen. Auch soll man nicht backen. Alle Bewohner müssen still zu Hause bleiben. Läßt man die Tür offen, so zieht der Wode durch, und seine Hunde verzehren alles, was sich im Hause Genießbares vorfindet.

Einst war der Wode auch in das Haus eines armen Bauern geraten, und die Hunde hatten alles aufgezehrt. Der Arme jammerte und fragte den Wode, wer ihm den Schaden ersetze, den die Hunde angerichtet hätten. Wode antwortete, er werde alles bezahlen. Bald danach erschien er mit einem toten Hunde und befahl dem Bauern, den Kadaver in den Schornstein zu werfen. Das tat der Bauer; da platzte der Balg, und lauter blanke Goldstücke fielen heraus.

Wenn der Wode angebraust kommt, müssen die Unterirdischen flüchten, denn er will sie von der Erde vertilgen.
Ein alter Bauer brach einmal spät von Beidendorf auf und wollte noch nach Krumesse gehen. Plötzlich bemerkte er, wie die Unterirdischen dahergelaufen kamen. Sie waren aber gar nicht ängstlich und riefen ganz munter: „Heute kann er uns nichts anhaben, er soll uns nur in Ruhe lassen; er hat sich heute morgen noch nicht gewaschen."
Als der Bauer ein Stück weiter gewandert war, begegnete ihm der Wode und fragte ihn, was die Unterirdischen gerufen hätten. Der Bauer erwiderte, sie hätten gesagt, er habe sich heute morgen nicht gewaschen und könne ihnen daher nichts Übles antun. Da hielt der Wode sein Pferd an, stieg ab und wusch sich. Dann sprang er wieder auf sein Roß und jagte den Unterirdischen nach. Nicht lange danach sah der Bauer den Wode wieder zurückkommen; er hatte die Unterirdischen an ihren langen Haaren zusammengebunden und an jeder Seite des Pferdes mehrere von ihnen hängen. So unerbittlich verfolgte der Wode die Unterirdischen.

Heute sind sie alle verschwunden. Deshalb jagt der Wode nun nicht mehr auf der Erde, sondern in den Lüften.

## **Brauchtum & Aberglaube**
*der Heiligen Nacht*

*In der Heiligen Nacht sollen Hexen und Geister ganz besondere Macht haben. Deshalb beginnt mit Einbruch der Nacht in regelmäßigen Abständen das Schreckenläuten. Es dauert an bis zur Mitternachtsmesse und vertreibt die bösen Geister.*

*Während dem Schreckenläuten werden allen Bäumen Strohseile umgebunden. Dazu sagt man: "Schlafe nicht Bäumchen, Frau Holle kommt."*

*In der Heiligen Nacht muß man um zwölf beim Schreckläuten einen Stecken schneiden: mit Schlag zwölf muß er geschnitten sein, und zwar darf man bloß drei Schnitte tun; es kann auch ein Bäumlein im Garten oder eine andere Staude sein. Mit diesem Stecken kann man einen in der Ferne prügeln, wenn man etwa ein Beinkleid hinlegt und den Namen nennt, so spürt es der Betreffende.*

*Zwischen Weihnachten und Neujahr darf nicht ausgemistet und nicht gedroschen werden, sonst hat man es mit den Hexen zu tun. Man darf sich und auch seine Kleider nicht waschen, sonst hat man kein Glück im kommenden Jahr.*

*Wenn's ein gutes Weinjahr geben soll, so hört man in der Christnacht um zwölf Uhr ein Klopfen an den Butten der Kelter.*

*Wenn man an Weihnachten in der Heiligen Messe neunerlei Holz schneidet und es mit der Hand so vor Augen hält, daß man hindurchschauen kann, so werden alle Hexen kennbar. Sie haben Melkeimer auf dem Kopf und stehen rückwärts in den Bänken. Man muß sich aber gleich nach der Messe aus der Kirche machen, sonst verfolgen einen die Hexen und tun einem Leid an.*

*An Weihnachten muß man die Stube wischen um zwölf Uhr in der Nacht und zwar hinterführ und nackend. Wenn man dies tut, sieht man den zukünftigen Geliebten oder die Geliebte nackend unter dem Tisch sitzen.*

*Folgt das Mädchen am Heiligen Abend der Einladung ihres Geliebten, so kann jenem im folgenden Jahre nichts Böses widerfahren.*

*Schneidet ein Mädchen in der Heiligen Nacht eine weiße Zwiebel und streut Salz darauf, so werden sich bis am Morgen die Züge des zukünftigen Gatten abbilden.*

*Am Donnerstag vor dem Christfest wird eine junge schwarze Henne eingeschläfert und auf den Boden gelegt, indes sich die jungen Leute in einem Kreis um sie herum versammeln und ihr Erwachen erwarten. Verläßt sie nun den Kreis, so wird angenommen, daß diejenigen, zwischen welchen sie hindurchgeht, im Laufe des Jahres heiraten. Verunreinigt sie aber eine Stelle, an welcher ein Mädchen sich befindet, so wird dasselbe demnächst unehelich niederkommen.*

Wer beim Heiligabendläuten die Schlösser von Türen und Truhen schmiert, dem bringt dies Reichtum.

Stellt man am Weihnachtsabend alles Geschirr unter den Tisch und umzieht es mit einer Kette, so fällt die Ernte im kommenden Jahr gut aus und die Bäuerin hat Glück bei ihrem Wirtschaften.

Wer an Weihnachten die Treppe scheuert, stirbt binnen eines Jahres.

Am Weihnachtsabend muß gedroschen und dem Vieh, damit es im folgenden Jahr gedeiht, etwas von dem gedroschenen Stroh gegeben werden.

Zwischen elf und zwölf soll man in der Weihnachtsnacht den Hühnern Speck zu fressen geben, dann sind sie im nächsten Jahr vor dem Habicht geschützt.

Wer an Weihnachten viel ißt, dem geht es das nächste Jahr gut.

In der Weihnachtsnacht wird alles Wasser zu Wein und die Tiere reden in menschlicher Sprache miteinander.

Das "Nothemd" muß in der Weihnachtsnacht von einem unschuldigen Mädchen unter 7 Jahren auf besondere Weise gesponnen und genäht werden. Dieses Hemd macht den Träger sicher für Hieb und Stich, auch hilft es für schnellere und leichtere Geburt.

*Wer aus dem Feuer am Weihnachtsabend ein angebranntes Holzscheit zieht und es aufbewahrt, soll dieses entzünden, wenn ein Gewitter naht. Er ist dann geschützt gegen Blitzschlag.*

*Wer in der Weihnachtsnacht unentdeckt stiehlt, wird das ganze Jahr nicht erwischt.*

*Wer beim Weihnachtsabendessen fehlt, der stirbt im nächsten Jahr.*

*Wem es gelingt, drei Mal unbemerkt in den Hühnerstall hinein- und herauszukommen, dem ist ein glückliches Jahr bestimmt.*

*Spinnt man um Mitternacht einen Faden und knüpft sich diesen um den Hals, so wehrt man dem Bösen und bekommt keine Selbstmordgedanken.*

*Wenn man in der Christnacht auf einen Kreuzweg geht, so kommt mit dem Schlag zwölf der Teufel und fragt, was man wolle. Man kann alsdann Geld, Farensamen (Samen von Farnkraut - macht unsichtbar) und dergleichen von ihm erhalten.*

# Knecht Ruprecht

Einmal, so im Mittwinter, als der Wilde Jäger unterwegs war, verlor ein Tier aus seinem Gefolge die Eisen. Sein Reiter mußte mit Pferd und Hund zurückbleiben und verirrte sich, als er den hohen Zug einholen wollte.

Endlich stieß er auf die Hütte einer armen Witwe, die hauste mit ihren Kindern mitten im Wald. Der Reiter, ein alter graubärtiger Geselle, warf die Tür auf, trat mit dem Hund ein, der auch gleich die Kleinen anfuhr, daß eines von ihnen niederstürzte, und verlangte zu essen und zu trinken. Die arme Frau erschrak sehr. Sie fragte nicht nach dem Namen, noch nach dem Woher und Wohin, brachte hastig, was gerade auf dem Herd stand, und wollte den Gast zufriedenstellen. Der aß und trank, streckte die Beine von sich, lehnte müde gegen die Wand und versuchte auf der Bank einzuschlafen.

Doch die Frau hatte ein Lichtlein auf den Tisch der Kinder gestellt, das flammte und knisterte, so daß es dem Reitknecht in den Augen weh tat. Er schloß die Lider, aber der Glanz schien hindurch. Nach den grauen Tagen in Regen und Sturm, war ihm selbst dies kleine Lichtlein zu hell.

Er befahl deshalb barsch der Frau: „Lösche das Licht aus, siehst du nicht, daß ich schlafen will?"

Aber die Mutter schüttelte den Kopf, und obschon sie viel Furcht hatte, widersprach sie und antwortete: „Löschen darf ich es nicht. Es winkt der lieben himmlischen Frau, damit das Sonnenlicht heimkommt und der Winter vorübergeht."

Gegen solchen Namen wagte der Knecht nichts zu sagen, er wußte, daß sein Herr Tag für Tag nach ihr Ausschau hielt. Er brummte deshalb nur, wandte den Kopf und versuchte wieder zu schlafen. Es gelang ihm noch nicht, die Kleinen saßen um den Tisch und sangen leise. Da verlangte er rauh, das Singen sollte unterbleiben. Aber die Mutter verbot den Kindern die zarten Stimmen nicht, obwohl sie nun doppelte Furcht hatte. „Hörst du denn nicht," fragte sie, „daß es ein Lied zur Weihnacht ist? Ach, wie käme die himmlische Frau, das Licht zu uns zu bringen, wenn wir sie nicht mit dem Singen der Kinder riefen?"

Wieder wagte der Knecht nicht, hart zu antworten. Als das Weib indes hinging und die Tür ein wenig öffnete, obwohl kleine Flocken hereintanzten und der Wind den Rauch vom Herd zu Wirbeln trieb, geriet der Reiter außer sich: „Was hast du jetzt vor? Du weißt, daß ich friere und schlafen will!"

Die Frau entgegnete sanft: „Die Wittfru muß doch die Kinder hören und das Licht sehen, sie könnte sonst vorübergehen!"

Als der Knecht nun so viel von der vernahm, die sein Herr auf langen, langen Ritten vergeblich suchte, wunderte er sich. Er blinzelte sogar nach der Türspalte, ob nicht wirklich eine Fremde vorbeikäme, aber er sah nur das Gesicht der Mutter, das voll Hoffnung nach draußen schaute. Da wurde er bedrängt in seinem Herzen und wollte seine Rauheit an den Kindern gutmachen. Und weil er das eine, das sein Hund umgeworfen hatte, noch bluten sah, stand er auf, trat hinzu und strich ihm über die Wunde. Gleich hörte das Rinnen auf.

Die Kinder aber, die, als er nahe kam, vor Furcht die Köpfe niedergebeugt hatten, ohne im Singen einzuhalten, sahen, daß der fremde Mann es gut meinte, und faßten Vertrauen zu ihm. Und eines, das großen Hunger hatte, fragte, ob es nicht etwas von seinem Brot haben dürfe.

Da brach er von dem Laib, den ihm die Frau hingestellt hatte. Er gab sich sogar die Mühe und besprach das Brot,

so daß es süß wie Kuchen schmeckte. Und weil das Lied jetzt wirklich zu Ende war, trauten sich die Kinder näher zu dem wilden Knecht. Ein kleines Mädchen zeigte ihm ein Pferdchen, dem fehlten Kopf und Schwanz.
„Oh, wenn es weiter nichts ist", lachte der Mann und ging daran, beides wieder anzuflicken. Währenddessen dachte er heimlich an seinen Herrn, der auch in der Heiligen Weihnacht die Menschen beschenkt, und sah auf die Mutter, die ihm zuschaute und deren Augen glänzten, wie solches Licht gewiß nur von der himmlischen Frau Antlitz bekommt. Da gefiel es ihm, eifrig zu helfen, und als ein Knabe einen Hund haben wollte, knetete er ihm gleich einen, der wahrhaftig laufen und bellen konnte.
Wie schrien und hüpften die Kinder da und wünschten sich gleich alle ein Spielzeug. Der Knecht mußte seine Finger

schon fleißig gebrauchen; ein Geschenk nach dem anderen sprang daraus hervor: Puppen und Bälle zum Werfen für die Mädchen, Wagen und Reitersleute für die Jungen, und ich weiß nicht was alles. Und je mehr die Kinder lachten und je dankbarer die Frau ihm zusah, um so eilfertiger wurde der Mann. Als er einen Apfel fand, den das arme Weib verwahrt hatte, machte er gleich einen Tisch voller Äpfel daraus, und als das Kleinste ihm zwei Nüsse zeigte, mit denen es spielte, da wußte er es so einzurichten, daß ein praller Beutel davon in der Kammer stand. Denn wenn er auch nur ein Knecht des Wilden Jägers war, so wußte er doch mit allerhand guten Künsten Bescheid.
Wie der Mann nun mitten im Werk war, zog von draußen noch einmal eine furchtbare Sturmböe heran. Und gerade als die Frau sich doch zu fürchten begann und die Tür

schließen wollte, sprang sie krachend auf. Der Wilde Jäger trat über die Schwelle und hinter ihm ein allmächtiges Gedränge von hohen Herren und holden und unholden Gesellen. Die lachten dröhnend, als sie den Alten mitten unter den Kindern sahen, das Spielzeug in der Hand.
„Was tust du hier?" murrte der Wilde Jäger.
Der Knecht, der eben noch froh gewesen war, den Reitern wiederzubegegnen, merkte erschrocken, daß er sich verantworten sollte.
„Ach," sagte er, „das ist schwer zu erklären. Seht, Herr, die Kinder sangen die himmlische Frau herbei. Wie mich dünkt, für uns alle. Man soll solches Singen nicht gering achten und es belohnen."
„Er war so gut zu den Kleinen", sagte die Witwe fürbittend und streckte die Hände aus.
Der Wohljäger sah sie an, aber es war sogleich, als schaute er über sie alle hinweg. Dann wandte er sich seufzend dem Reiter zu. „So bleib' noch", befahl er, „und geh auch in die anderen Häuser und laß alle Kinder singen. Vielleicht, daß sie, die wir suchen, sich doch rascher zu uns wendet, wenn sie es hört."
Da freute sich der Knecht - Ruprecht hieß er - und ist dem auch gehorsam gefolgt. Und er geht noch heute jährlich durch die Häuser, um die guten, singenden Menschen zu beschenken.
Aber auf Griesgrame und Besserwisser, auf Faulpelze und Hagestolze läßt er Ruten und Plagen fallen. Denn er ist ein alter Reiter und fackelt nicht lange.

## Der Teufel kommt in der Christnacht

In Unteralbach wohnte einst ein Bauer, der einen Knecht mit Namen Klemens im Dienst hatte. Klemens war ein sehr rechtschaffener Bursche und überall beliebt. Der Bauer dagegen war verschlagen, betrog seine Nachbarn und dachte sich jeden Abend vor dem Schlafengehen eine neue Schandtat aus.

Es war am Morgen des Heiligen Abends, als Klemens zum Bauern ging und um zwei Tage Urlaub bat.

"Kommt nicht in Frage", maulte der Bauer seinen Knecht an. "Ich brauche dich heute am Abend als Aufpasser."

"Heut, am Heiligen Abend, wo alle Weihnachten feiern, soll ich nicht bei den Meinen zu Hause sein?"

"Du hast zu machen, was ich sage. Verstanden?" herrschte ihn der Bauer an.

"Verstanden wohl, aber hiermit kündige ich den Dienst bei dir auf, Bauer." Und während der Knecht sich umwandte, um in seine Kammer zu gehen und seine wenigen Habseligkeiten zu packen, warf ihm der Bauer äußerst wütend eine Flasche nach, wobei er wie ein Verrückter schrie: "Daß dich der Teufel heute noch hole!"

Aber Klemens war geschickt dem Wurfgeschoß ausgewichen und aus der Stube verschwunden.

Gegen Mitternacht stapfte der Bauer durch den hohen Schnee auf seinen Acker, der direkt an die Tauber grenzte. Dort angekommen, wollte er den Grenzstein eines Nachbargrundstücks zu seinem Vorteil versetzen. Da der Stein aber sehr schwer war, mußte der Bauer seine ganze Kraft anwenden. Und tatsächlich, es gelang, den Stein anzuheben. Der Bauer jedoch hatte eine solche Kraft angewandt, daß er dabei rückwärts ausrutschte.

Der Stein fiel direkt auf den Bauern und beide stürzten in die Tauber. Die Tauber, die zu dieser Zeit durch Schneeschmelze reißendes Wasser mit sich führte, zog den Bauern sofort in die Tiefe. Man hat ihn nie mehr gefunden.
So hatte sich sein Fluch umgekehrt bewahrheitet: Der Teufel hat ihn in der Christnacht geholt.

# Die Christnachtzecher

Bei Latsch saßen im Wirtshaus drei Gesellen, echte Strolche und Lumpen. Es war just Christnacht, und sie zechten drauf und drein, zankten, fluchten, verschworen sich und machten, wie das Sprichwort geht, den Schutzengel weinen und den Teufel lachen. Besonders einer der drei trieb es gar arg und lästerlich, so daß die Wirtin es nimmer anhören mochte und ging. Der Wirt, dergleichen eher gewohnt, blieb bei seinen Gästen und zechte und lachte mit; endlich aber wurde es ihm auch zu toll. Das wüste Geschwätz und Aufbegehren gegen Gott und alle Heiligen ärgerte auch ihn. Er erinnerte daher daran, daß Christnacht sei.

„Was? Christnacht? Was geht mich die Christnacht an", erwiderte der Hauptspötter und hub an zu singen:

> „Was soll das für 'ne Christnacht sein?
> In jeder Christnacht wird das Wasser Wein,
> Christnacht hin - und Christnacht her,
> Ich wollt', daß all' die Nacht Christnacht wär'."

Man redet hin und her, bis sich der Frevler brüstet, mit dem Schlag zwölf an den Brunnen zu treten und in einem Krug den Wein aufzufangen. Gesagt, getan, der Krug ist zur Hand, die Uhr schlägt die Mitternachtsstunde aus - jener ist schon am Brunnen, die anderen lauschen, ihnen ist nicht wohl zumute. Plötzlich wird vom Brunnen her ein greller Pfiff gehört, darauf ein kläglicher Schrei und ein gellendes Gelächter, dann ein Fall und das Geräusch eines zerbrechenden Kruges. Jetzt waren der Wirt und die Zechgesellen ernüchtert, erst will sich keiner vor die Türe wagen, endlich gehen sie alle drei - und da liegt der Kumpan, der Hals ist umgedreht, die Lippen sind schwarz gebrannt, als hätten sie glühendes, flüssiges Metall gekostet.

# Die Bräutigamschau

Am Christabend sagte eine Frau zu ihrer Magd, sie solle in der Nacht um zwölf Uhr, wenn alles in der Mette und sie im Hause allein sei, sich ganz ausziehen, dann rückwärtsgehend von der Tür zum Fenster die Stube kehren und ihr erzählen, was sie dabei gesehen habe.

Ohne zu wissen, was die Frau damit wollte, folgte ihr das Mädchen; aber während sie mit dem Besen eifrig kehrte, sah sie plötzlich den Mann des Hauses am Tische sitzen. Darauf lief sie voller Scham in ihre Kammer.

Als die Frau von der Mette kam, machte die Magd ihr heftige Vorwürfe, weil sie ihr nicht gesagt habe, daß ihr Mann zu Hause sei, den sie beim Kehren in der Stube sitzen gesehen habe.

Da erschrak die Frau und sagte: „Mein Mann war mit mir in der Kirche; ich aber werde nun nicht mehr lange leben, denn dir ist dein zukünftiger Mann erschienen."

Kurze Zeit darauf starb die Frau wirklich, und das Mädchen wurde ein Jahr später von dem Witwer geheiratet.

# Das Fräulein auf der Hochburg

Es war in der Heiligen Christnacht und tiefer Schnee lag auf Tal und Berg.

Die Anwohner des Einödhofes waren nach Igls zur Mette gegangen, nur die hochbetagte Ahne und des Höflers jüngstes Töchterlein waren daheim geblieben, das Haus zu hüten; sie hatten sich an den warmen Ofen gekauert und das Mädchen las dem Mütterchen aus einer alten Bilderbibel vor.

Draußen war es pechfinster und der Wind stürmte so gewaltig, daß man keinen Ton der Glocken vernahm, welche die andächtige Gemeinde zur mitternächtlichen Feier riefen. Ein mächtiger Stoß riß das kleine, schlecht verwahrte Fenster auf, blies die Lampe aus und die beiden befanden sich im Dunkeln.

„Geh", sagte die Alte, „schau', ob in der Küche noch Glut ist, daß man Licht machen kann und mach' das Fenster wieder zu, der pfeift ja herein, daß es zum Erfrieren ist."

Das Mädchen gehorchte. Nach einer Weile kam es aber mit dem Bescheid zurück, daß es weder im Ofen noch auf dem Herd ein Fünkchen Glut finden könne.

„Beim Nachbar drüben ist noch Licht!" setzte das Kind hinzu. „Ich hab's durch das Küchenfenster gesehen, soll ich hinüberlaufen mit der Laterne? Es ist doch gar zu traurig und unheimlich, so im Dunklen zu sitzen, in einer so wilden, stürmischen Nacht."

„Ja, wenn du den Weg nicht verfehlst im Schneegestöber, kannst du's schon versuchen", meinte die Ahne. „Behalte aber das Licht fein im Auge, sonst verirrst du dich."

Das Mädchen machte sich ohne Zögern auf den Weg. In zehn Minuten hatte es das Haus erreicht, von dem der

Schimmer ausging. Es schien aber nicht das Nachbarhaus zu ein. Das Tor stand offen, der Hofraum war mit wildem Gestrüpp überwachsen und ein schmaler, halb verschütteter Gang führte in ein unterirdisches Gewölbe, von dem jener blendende Lichtstrahl ausströmte.
In harmloser Einfalt, nur mit dem Gedanken beschäftigt, Licht zu bekommen, schritt das Kind die morschen Stufen hinab und sah sich auf einmal in einem prächtigen Gemach mit goldenem Überboden und reichen Spiegeln in kostbaren Rahmen. Ein blasses aber wunderholdes Fräulein saß beim altertümlichen Kamin, in dem eine große Menge rotglühender Kohlen lag, welche das ganze Gemach erhellten und lieblich dufteten.
Die seltsame Unbekannte warf einen freudigen Blick auf die schüchterne und überraschte Kleine. Dann, als hätte sie den Wunsch derselben erraten, griff sie nach der Schaufel und schöpfte von der funkelnden Glut in die Schürze. Daraufhin legte sie den Finger bedeutungsvoll an die Lippen und sah das Kind bittend und zärtlich an, als wollte sie sagen: „Keine Sorge, die Kohlen brennen nicht!"
Das Mädchen schien sie jedoch nicht zu begreifen und mit dem Ausrufe: „Ihr verbrennt mir ja mein Fürtuch!" ließ sie die Kohlen erschrocken zu Boden fallen.
In diesem Augenblick drehte sich alles wie im Kreise und mit einem donnerähnlichem Getöse verschwand die ganze Erscheinung. Das Kind befand sich im Freien. Der Lichtschimmer war erloschen, am wolkenzerrissenen Himmel stand aber des Vollmonds blasse Scheibe und beleuchtete mit falbem, unheimlichem Glanze die finsteren Mauertürme der Hochburg. Ein schmerzliches, unterdrücktes Schluchzen hallte daraus herüber. Zähneklappernd vor Kälte und Angst kehrte das Mädchen heim und erzählte der harrenden Ahne von dem Vorfall.
„Oh, du törichtes Kind! Hättest du doch die Kohlen genommen", rief die Alte, die Hände ringend. „Es wäre lauteres

Gold gewesen und du wärst das reichste Dirndl geworden im Land. Jetzt ist's vorbei, der Schatz ist versunken, und erst heute in hundert Jahren kann er gehoben werden durch ein unschuldiges Kind, wie du. Bis dahin muß das arme Hochburger Fräulein wieder auf seine Erlösung warten!"

## Die redenden Pferde

Ein Bauer in der Alburger Gegend hörte einmal im Wirtshaus erzählen, daß in der Christnacht die Pferde reden.
Da ging er am Heiligen Abend nicht in die Mette, sondern legte sich im Stall unter den Barren. Als es zwölf Uhr schlug, fing das eine Pferd wirklich zu sprechen an und sagte zum anderen: „Du mußt unseren Bauern zum Friedhof fahren, denn du bist das stärkere!"
„Nein" erwiderte das andere, „das mußt du tun, denn du bist das größere!"
Sie stritten und wurden längere Zeit nicht einig.
Endlich sagten sie zueinander: „Jedes soll recht haben, wir wollen ihn mitsammen fahren!"
Dann wurde es still im Stall.
Am nächsten Tag starb der Bauer.

# Kraft des Johannessegen

Zu Oberweider bei Friesenheim war ein Handwerksbursche durch liederliches Leben so weit gekommen, daß er eine Masse Schulden und keinen ganzen Rock mehr hatte. Hierüber betrübt nachdenkend, ging er eines Tages durch den Wald und begegnete einem stattlichen Mann in grünen Kleidern, der ihn fragte, warum er so traurig sei.

Der Bursch schilderte ihm seine Lage, worauf der Mann, welcher der Teufel war, erwiderte: „Du kannst von mir Geld genug bekommen, wenn du nach drei Jahren mein sein willst. Zur Bekräftigung mußt du dich mit deinem Blut in dieses Buch einschreiben."

Dabei hielt er ihm ein Buch und eine Feder hin, die der Bursche ergriff und, nachdem er sich in den Finger geritzt, in das hervorquellende Blut tauchte und damit seinen Namen in das Buch schrieb. Darauf bekam er gleich so viel Geld, als er tragen konnte und später oft noch weit mehr, da er in den drei Jahren ein eher üppiges Leben führte.

Wie sie abgelaufen waren, fürchtete er sich, alleine zu bleiben und setzte sich ins Wirtshaus zu seinen Genossen, die sich vergebens bemühten, ihn zu erheitern. Endlich fragte ihn sein bester Freund, nach der Ursache seiner Niedergeschlagenheit, und nachdem er in der Nebenstube, wohin beide gegangen waren, alles erfahren hatte, sagte er: „Mache dir keine Sorgen und setz dich wieder zu uns; laß aber von dem köstlichen Wein kommen, womit du uns manchmal bewirtet hast, und wenn der Teufel sich einfindet, so gib mir ein Zeichen."

Hierdurch etwas beruhigt, ging der Bursche mit seinem Freund wieder zu den anderen und ließ von dem bewußten

Weine bringen. Bald darauf kam der Mann mit den grünen Kleidern in die Stube, grüßte die Gesellschaft und sagte zu dem Burschen, er möge mit ihm hinausgehen.
Derselbe stand auf, um ihm zu folgen, gab aber seinem Freund ein Zeichen, worauf dieser sein Glas voll Wein ergriff und es ihm mit den Worten: „Da hast du auch noch Johannessegen, nimm ihn mit!" so auf den Rücken warf, daß er ihn ganz beschüttete.
Da der Wein den Johannessegen hatte, so schützt er gegen den Teufel, der auch folglich verschwand und sein Recht auf den Burschen verloren hatte.

## **Brauchtum & Aberglaube**
*zu Silvester und Neujahr*

*Im alten Rom begann das Jahr mit dem 1. März, weil da die höchsten Beamten ihr Amt antraten. Im Jahre 153 v. Chr. geschah dies zum ersten Mal am 1. Januar, und dieser Tag wurde damit Jahresbeginn. Die römischen Kalenderbräuche wirken bis in die Gegenwart auch in den deutschen Neujahrsbräuchen und in benachbarten christlichen Festen nach. Das Christentum betrachtet erst seit der Mitte des 4. Jahrhunderts den 25. Dezember als Geburtstag Christi und zugleich als Jahresanfang. Nun verbreiteten sich die Neujahrsbräuche über den gesamten Zeitraum von diesem Tag bis zum 6. Januar und nach vornehin auch noch über die ganze Adventszeit, mit der das neue Kirchenjahr begann. Seitdem hat der Jahresbeginn zwischen den genannten Terminen lange geschwankt und erst 1691 setzte Papst Innozenz XII. den Jahreswechsel endgültig auf den 1. Januar fest.*

*Man schließt während der ersten halben Stunde des neuen Jahres alle Türen und läßt nur die Hintertür offen. Man meint, durch diese kommt der Segen herein.*

*Klingen die Silvesterglocken nicht hell und klar, so ist das kommende Jahr wenig bedeutungsvoll.*

*Wer in der Neujahrsnacht die Kirchglocken zuerst hört, baut im künftigen Jahr die größte Gerste.*

*Wenn man in der Neujahrsnacht auf einem Büschel Erbsenstroh sitzt, so erfährt man, wer kommendes Jahr stirbt.*

*Man ißt am Neujahr 'Süßes Kraut', und im ganzen Jahr geht einem das Geld nicht aus. In anderen Gegenden ißt man aus dem selben Grund gelbe Rüben.*

*Wer nicht beim zwölften Glockenschlag von einem Tisch oder Stuhl herunterspringt, hat kein Glück im nächsten Jahr.*

*Wenn während des Silvesterläutens alle Familienmitglieder aus einem Glase trinken, bleibt das Unglück fern.*

*Wer Silvester nackt drei Mal beiert (mit dem Klöppel läuten) kriegt den besten Flachs.*

*In der Neujahrsnacht soll man nackend auf den Gottesacker gehen und Moos von den hölzernen Kreuzen holen. Damit können Gicht und andere Krankheiten geheilt werden.*

*Wer am Silvesterabend den Grenzzaun seines Nachbarn rüttelt und dazu spricht: "Die Eier sind für uns und das Krakeln für euch", zu dem kommen die Hühner des Nachbarn und legen dort ihre Eier.*

*Der Hausvater schlägt in der Neujahrsnacht vier Pfähle nach den vier Himmelsrichtungen ums Haus herum in die Erde, damit es vor Feuer behütet werde.*

*Das Silvesterschießen weckt die Saaten der Pflanzen. Böse Geister vertreibt man, indem man über die Brunnen schießt.*

*In der Silvesternacht kann man die Unterirdischen in ihrer Werkstatt arbeiten hören.*

*Man hat Glück, wenn man in der Neujahrsnacht drei Mal auf den Drücker der Kirchtüre schlägt.*

*Ein Knochen vom Rückgrat eines in der Neujahrsnacht gesottenen Katers, verleiht Zauberkraft.*

*Wer am Neujahrstag zuerst aus der Kirche kommt, der wird in diesem Jahre zuerst mit der Ernte fertig.*

*Wer am Neujahrsmorgen einen Taler in die Viehtränke legt und dann das Vieh saufen läßt, kann das Vieh teuer verkaufen.*

*Wenn jemandem am ersten Tag des Jahres zuerst ein altes Weib ins Haus kommt, geht das Geschäft das ganze Jahr hindurch schlecht. Ein Kind oder Jungfrau bedeuten Glück.*

*Schläft das Ehepaar in der Neujahrsnacht auf dem Fell eines männlichen Tieres, unter das die verkohlten Knochen eines Hahnes gestreut wurden, so ist ein Sohn die Folge; schläft es auf dem Felle eines weiblichen Tieres über den Knochen einer Henne, so zeugt es eine Tochter.*

*Am Neujahrstag soll man nicht schlafen, sonst ist man das ganze Jahr schläfrig.*

*Schlägt man am Neujahrsmorgen ohne hinzuschauen die Bibel auf und findet einen kurzen Psalm, so wird das ganze Jahr kurzweilig, sonst geschieht das Gegenteil.*

*Ein am Neujahrstage zum ersten Mal angelegtes Kleidungsstück bleibt lange neu.*

*Wer am Neujahrstag beim Essen zuletzt fertig ist, der wird zu spät in den Himmel kommen.*

*Manche essen am Neujahrstage nüchternen Magens in Branntwein getauchte und angezündeten Lebkuchen, was gut gegen Sodbrennen sein soll.*

*Wer in der Neujahrsnacht, ohne ein Wort zu reden, eine Hagebutte ißt, wird gesund.*

*Wenn es in der Neujahrsnacht schneit, gibt es viele Bienenschwärme. Ein gutes Bienenjahr gibt es auch, wenn am Neujahrsmorgen die Sonne die Kanzel beleuchtet, noch bevor der Pfarrer darauf steht.*

*Starkes Morgenrot am Neujahrstag deutet auf Krieg, Krankheit und Feuersbrunst hin, auch auf viele Gewitter und ein schweres Jahr für alle Wöchnerinnen.*

# Der Nußkaspar

Nördlich von Nürnberg liegt das berühmte Knoblauchland. Dort sind auch mehrere schöne Dörfer. In einer dieser Ortschaften lebte vor vielen Jahren ein Bauer, Nußkaspar genannt, weil auf seinen Bäumen die schönsten Nüsse wuchsen. Er lebte, wie seine Nachbarn, von der Gärtnerei und verlegte sich auf den Anbau von Knoblauch. Allein dem guten Mann mißglückte fast alles was er unternahm. Bald wurde er durch bedeutende Verluste in Schulden gebracht, bald von den Nachbarn bestohlen, dann wieder vernichteten Wind und Wetter seinen Garten und Feldfrüchte, oder böse Buben holten ihm die Nüsse von den Bäumen. Dies andauernde Mißgeschick machte ihn unglücklich und nahm ihm die Lust sich ferner zu plagen, zumal er bei den Nachbarn sah, wie alles auf das Beste gedieh und der Wohlstand täglich zunahm.

Daher wurde er nach und nach in der Ausübung seines Gewerbes lässiger, fluchte mehr und ergab sich zuletzt dem Trunke, so daß er meistens, wenn er mit dem Knoblauch und anderem Gemüse zur Stadt gefahren war, leicht an Geld, dafür aber mit schwerem Kopf nach Hause zurückkehrte. Durch diesen Lebenswandel wurde nicht nur sein Körper, sondern auch sein Vermögen so zerrüttet, daß er mehrfach Geld aufnehmen mußte. Da er von den Gläubigern bald hart bedrängt wurde, mußte er seine Grundstücke und schließlich auch seinen Hausrat veräußern.

Wieder einmal war der Nußkaspar am letzten Tag des Jahres, wie so oft, bis zum späten Abend in der Stadt geblieben, hatte sich einen tüchtigen Rausch angetrunken und taumelte nun den Burgweg hinauf. Unweit der Stelle, wo Christus am Ölberg abgebildet ist, setzte er sich auf einen

beschneiten Stein, um auszuruhen und schlief ein.
Er hatte wüste Träume, so daß er öfters auffuhr und gräßliche Flüche ausstieß. Eben zeigte die Glocke vom nahen Sebaldisturm den Eintritt der Geisterstunde, als er abermals in die Höhe fuhr und in einem Zustand zwischen Schlafen und Wachen vor sich hin murmelte: „Will mich Gott nicht retten, so muß es der Teufel tun."

Mit diesen Worten erwachte er, rieb sich die Augen und wollte aufstehen. Allein ein gewaltiger Schrecken warf ihn auf seinen kalten Sitz zurück.
Vor ihm stand ein Mann in Jägertracht, der ihn anredete. „Ei Alterchen, was treibst du denn hier in der frostigen Winternacht."
Kaspar fragte gähnend: „Wo bin ich Herr, und was wollt Ihr von mir?"
Darauf erwiderte der Jäger: „Ich hörte im Vorübergehen, daß du Hilfe brauchst, und ich will sie leisten, wenn es in meinen Kräften steht, aber ich will von dir darum gebeten sein."
Kaspar schilderte nun unter beständigen Verwünschungen seine Lage. Er fiel auf die Knie und rief in unbegreiflicher Herzensangst: „Ich flehe Euch fußfälligst an, helft mir, helft mir und wäret Ihr der Böse selbst, mir gleich, wenn mir nur geholfen wird, denn Gott hat mich ohnehin verlassen."
„Nun wohl," entgegnete der Fremde, „wenn du mir versprichst, weder deinem Weib noch einem anderen Menschen eine Silbe davon zu verraten, dann will ich dein Beschützer sein und dir helfen. Kehre getrost heim, pflücke von dem großen Nußbaum, der in der linken Ecke in deinem Garten steht, so viele Nüsse als dir beliebt. Diese werden sich in Gold verwandeln, und du kannst nicht nur

deine Schulden bezahlen, sondern auch ohne Mühe und Arbeit gut leben. Doch wisse, geht nur ein Wort von meinem Angebot über deine Lippen, so sinkst du in deine alte Armut zurück, wirst ein Raub der Verzweiflung und sollst auch im Grab keine Ruhe finden. Du mußt dann an jeder Silvesternacht aus deinem Grabe steigen und hier an dieser Stelle goldene Nüsse feilhalten. Ja, du wirst auch andere mit in dein Verderben hineinziehen und deine Seele ist mir dann verfallen."

Mit diesen Worten verschwand die geheimnisvolle Erscheinung. Daß der freundliche Helfer der leibhaftige 'Gott sei bei uns` war, ist leicht zu erraten. Kaspar war demnach in sehr schlimme Hände gefallen.

Er taumelte, noch halb trunken, mit schlotternden Knien nach Hause. Sein Weib, das ohnehin zu solchen Leuten gehörte, denen Zanken und Murren zur zweiten Natur geworden sind, empfing ihn vom Bett aus mit heftigen Scheltworten.

Er aber blieb ruhig und dachte: „Schrei nur du Zankteufel soviel du willst. Hab ich einmal die goldenen Nüsse, dann wirst du schon anders singen."

Damit nahm er eine Laterne, zündete das Licht an und schlich in den Garten hinaus. Hier stellte er sich vor den bezeichneten Baum und schielte hinauf, um zu sehen, ob die Nüsse wirklich von Gold seien. Endlich bestieg er zagend den Baum, griff zitternd nach einer der Früchte, füllte dann so schnell als möglich alle Taschen damit und siehe, die Nüsse waren reines, funkelndes Gold. Darauf versteckte er seinen Schatz in der Scheune und ging zu Bett.

Bei Tagesanbruch stahl er sich, und sein Gewissen war nun auch schon eingeschläfert, still weg mit dem Geschenk des höllischen Jägers, um es teilweise in der nahen Stadt in Geld umzusetzen. Sodann zahlte er seine Schulden und lebte herrlich und in Freude.

Aber dieses Glück sollte nicht lange dauern, denn der gute Nußkaspar vergaß im Taumel der Ausschweifungen nur zu bald, was er dem Teufel versprochen hatte. In einer traulichen Stunde beichtete er seiner Frau, die sich durch den unvermuteten Reichtum wieder mit ihm ausgesöhnt hatte, den ganzen Hergang der Sache. Als er am nächsten Morgen seinen Beutel herbeiholen wollte, da war dieser federleicht und enthielt statt harter Taler nur Kohlenstaub und anstatt der goldenen, fanden sich nur natürliche und größtenteils wurmstichige Nüsse im Schrank. So, von der Höhe des Glücks in das bitterste Elend hinabgeschleudert, wurde dem Kaspar das Leben eine unerträgliche Last.
Der Teufel hielt besser Wort als Kaspar, denn es ging alles in Erfüllung was er für den Fall eines Wortbruchs vorausgesagt hatte. Als der Silvesterabend wieder anbrach, stand wirklich ein kleines Bäuerlein in der Tracht der Knoblauchhändler mit einem Korb am Ölberg und ächzte unter verzweifeltem Händeringen 'kauft Nüsse'.
Viele Jahre nach diesem Ereignis saßen am Silvesterabend mehrere Bürger, nicht weit vom Ölberg, im Gasthaus 'Zum Burggrafen', bei einem Krug Weizenbier. Unter diesen war auch ein redseliger Zinngießermeister, der wegen seiner Klugheit in großem Ansehen stand. Die Unterhaltung drehte sich um die alte Sage vom Nußkaspar am Ölberg.
„Aberglaube, heidnisch Finsternis" ereiferte sich Meister Zinngießer, der Wortführer. „Wer wird so albern sein und an Teufel und Geister glauben?"
„Was, Nachbar," fiel ihm ein belesener Zirkelschmied in die Rede, „habt Ihr denn nicht gelesen, daß Doktor Martin Luther dem Teufel das Tintenfaß nachgeworfen hat. Ist Euch nicht bekannt, daß der Satan Jesu in Versuchung führte?"
„Das ist etwas anderes", unterbrach ihn der Zinngießer. Und gerade als er weiterreden wollte, erscholl von der Wanduhr die zwölfte Stunde. Da schlug der Meister unwillig

auf den Tisch und schrie: „Damit ihr aber seht, daß an der ganzen Sache nichts ist und jeder ein Narr, der so unsinnige Dinge glaubt, so wollen wir auf den Ölberg gehen und uns überzeugen, ob der Nußkaspar wirklich seine Nüsse feilhält. Mein Hab und Gut setze ich daran, daß ich euch auslachen werde." Hierauf nahm er seine Pelzmütze und eilte der Tür zu, doch von den übrigen Gästen hatte keiner Lust ihn zu begleiten.

Stockfinster war es und nur der schimmernde Schnee erleuchtete die Umgebung. Da kam es dem Zinngießer wirklich so vor, als ob er in der Nähe des Ölberges die Gestalt eines Menschen wahrnehme, und er blieb stehen. Es fröstelte ihn, aber die Vorstellung, von den Freunden verspottet zu werden, wenn er unverrichteter Dinge zurückkäme, flößte ihm Mut ein. Er wollte der Sache auf den Grund gehen. Also schritt der Zinngießer langsam näher und rief mit lauter Stimme: „Wer da?"

Plötzlich stand ein kleines, unheimliches Wesen ganz nahe vor ihm, stierte ihn mit Grabesaugen an und deutete mit dem Zeigefinger der rechten Hand in den vor ihm stehenden Korb.

Unser Zinngießer stand wie an den Boden gewurzelt und kreischte mit unverständlicher Stimme: „Alle guten Geister loben Gott den Herrn."

Fast besinnungslos griff er sodann in den Korb, nahm daraus, was er mit seinen zehn Fingern greifen konnte und stürzte ohnmächtig zusammen. Als er wieder zur Besinnung gekommen war, blickte er um sich, aber er sah kein Wesen mehr. Weder vor sich noch hinter sich. Jetzt faßte er wieder Mut und schämte sich seines Schreckens. Doch welches Erstaunen trat an die Stelle der Furcht, als er auf den schneebedeckten Boden blickte und ihm glänzendes Gold entgegenfunkelte. Schnell raffte er die goldenen Dinger zusammen und eilte dem 'Burggrafen' zu. Die Gesellschaft begrüßte ihn, als wäre er von den Toten auferstanden und

war sehr gespannt zu hören, was er erlebt habe, und der Meister erzählte sein Abenteuer, indem er zum Beweis einige goldene Nüsse aus der Tasche nahm und auf den Tische hinrollte. Da war auf einmal alle Großsprecherei verstummt, denn nicht ohne heimliches Grauen sah man die glänzenden Beweise vor Augen.
Der Zinngießer aber entfernte sich bald und suchte freudetrunken sein Nachtlager auf. Allein der Schlaf floh in dieser und noch manch anderer Nacht, denn ihn quälten Zukunftspläne und die Sorge um die Vermehrung des unheilvollen Geldes.
Mit seinem Glück war zugleich das Unglück in seine vier Wände eingezogen. Aus dem zufriedenen Meister war ein griesgrämiger Sauertopf geworden. Durch unkluge Unternehmungen verlor er manches schöne Kapital und es bewahrheitete sich an ihm das Sprichwort, 'wie gewonnen so zerronnen'.
Doch als er immer ärmer wurde, machte die Not seinem jammervollen Leben ein Ende, und es erfüllte sich des Teufels Vorhersage, der Nußkaspar würde auch noch andere mit ins Verderben stürzen.

## Das Haus
## der Meerfrau

Zwischen Birten und Santen liegt ein tiefer See, der wahrscheinlich aus einem alten Rheinarm entstanden ist. In diesem sind schon viele Leute ertrunken. Ein Mann, der in der Silvesternacht den Weg nach Hause suchte, geriet auf Abwege, obwohl er ein brennendes Licht, eine geweihte Kerze bei sich trug. Nebel umgab ihn, immer dichter und feuchter, und er gelangte endlich in ein stattliches Haus, in dessen weiter, erleuchteter Halle an den Wänden entlang Reihen seltsamer Töpfe standen.

Aus einem derselben rief eine Stimme: „Ich bin's, dein Großvater und Pate. Mich hat die Meerfrau hinab in die Tiefe gezogen und hütet mich in ihrem Seelentopf. Du bist hier tief im Altwasser. Trügst du nicht die geweihte Kerze, wärst du längst ertrunken. Das, was dir wie Nebel schien, war das Wasser, in dessen Tiefe du hineingeraten bist, bis hier in das Haus der Meerfrau. Spute dich, sonst kehrt sie zurück und nimmt dich gefangen."

Der Mann befreite nun die Seele aus dem Topf, die ihm als Lichtlein voranschwebte. Es ging ziemlich bergan, bis endlich der feuchte Nebel verschwand und die Sterne über ihm funkelten.

Am anderen Morgen fand er seine Fußbekleidung voll Schlamm, obschon die Wege allenthalben hart und fest gefroren waren.

## Die Geisterversammlung in der Silvesternacht

In der Nähe der kümmerlichen Reste des Saargemünder ehemaligen Schlosses steht eine uralte Wirtschaft, überall in der Gegend „Hütte" genannt.
Ursprünglich war es ein Gesindehaus von dem nahe gelegenen Kastell. Vor einiger Zeit noch zeigte der jetzige Tanzsaal eine prachtvolle Holzausstattung an den Wänden und an der Decke, welche bei der Renovierung durch den Wiederaufbau beseitigt wurde.
Jedes Jahr um Mitternacht an Silvester, wie die Sage berichtet, findet hier eine Zusammenkunft der Verstorbenen, also der nach Rache suchenden Geister des alten Schloßgesindes, statt und wehe dem, der dies verschworene Treffen auf irgendwelche Art stören will.

## **Brauchtum & Aberglaube**

*zum Dreikönigstag, Frau Holle Tag*

*Perchta, Berchta oder Frau Holle sind aus dem deutschen Volksglauben nicht wegzudenken. Sie tritt schon lange in Erscheinung, bevor die Zwölften zu den zwölf Heiligen Nächten wurden. Der Tag der Frau Holle war ohnehin ein Festtag, denn hier endeten die gefährlichen Rauhnächte. Um sie zu besänftigen auf ihrem Zug und sie milde zu stimmen, stellte man Speisen auf das Dach des Hauses, denn Frau Holle fährt durch die Luft, oder man deckt ihr einen Tisch. Die Mädchen tragen die Speisen ins Freie, wenn dabei ein Hund bellt, weiß das Mädchen, aus welcher Richtung ihr Zukünftiger kommt. Fleißige Spinnerinnen belohnt sie mit goldenen Flachsknoten, tüchtige Mägde finden Münzen in den Eimern; Gierige und Eigennützige durchschaut sie aber und straft sie ab.*

*Am 6. Januar feiert die Kirche seit den ältesten Zeiten die Erscheinung des Herrn. Man gedachte dabei einzelner Vorgänge seines Lebens, bei denen seine Gottessohnschaft in besonderem Glanze hervortrat: seine menschliche Geburt, die Huldigung der drei Magier aus dem Morgenland, die Taufe im Jordan und das Wunder zu Kanaá. Bis zur Mitte des sechsten Jahrhunderts beging man in Rom noch den 6. Januar als Geburtstag Jesu. Nach der Verlegung des Geburtstagsfestes blieb im Abendland die Huldigung der Magier das wesentliche Ereignis des 6. Januar. Der Volksmund in Deutschland und anderswo redet aber nicht von*

*Magier, sondern immer von den Heiligen Drei Königen. Diese kommen allerdings erst im zwölften Jahrhundert recht zur Geltung, nachdem ihre vermeintlichen Reliquien aus Mailand nach Köln gebracht wurden.*

*Die Tiere können wie in der Heiligen Nacht reden, das um Mitternacht geschöpfte Wasser hat große Heilkraft.*

*Um Mitternacht öffnet sich der Himmel und die Heilige Dreifaltigkeit wird sichtbar. Wer das sieht, dem gehen drei Wünsche in Erfüllung.*

*Tropft es vom Dach, so soll man mit dem Viehfutter sparsam umgehen.*

*Allerlei Gegenstände werden in der Kirche geweiht, vor allem Wasser, Salz und Kreide, als Schutzmittel für Menschen und Vieh.*

*Die geweihte Kreide bekommt das Vieh am Dreikönigstag mit Salz zu fressen, so wie an Winterjohanni alle Haustiere vom Johanniswein etwas bekommen.*

*Die Dreikönigsnacht ist die gefährlichste der Rauhnächte und eine Tummelzeit unheimlicher Mächte. Man geht daher nicht gerne ins Freie*

*Der Dreikönigswind ist der segensreichste, ihm werden um Mitternacht Türen und Fenster geöffnet, damit er Glück ins Haus bringe.*

Wenn man beim Gebetsläuten am Dreikönigstag einen Zaunstecken aus der Erde zieht, so hört man aus dem Loch die Weissagungen für das kommende Jahr (Heirat, Tod, Gewinn, Verlust, etc.).

So viele Sterne man am Dreikönigsabend durch den Schornstein sieht, so viele Schoppen Wein darf man an diesem Abend trinken.

Beim ersten Austrieb des Viehs am Walpurgistag wird jedes Stück Vieh des Stalles, mit der am Dreikönigstag geweihten Kreide, vom Kopf den Rücken hinunter mit einem Kreuz gezeichnet, damit es den Weg heimfinde.

Wenn der Bauer am Vorabend des Dreikönigstages zwölf Weizenkörner auf den Ofen legt, kann er am nächsten Morgen erkennen, welcher Monat am teuersten für das Getreide wird (je nachdem, welches Korn am weitesten aufgesprungen ist).

Wer in der Dreikönigsnacht in den Kamin spricht:
"Die Heiligen Drei Könige sind hier.
Kommens heut nicht, kommens morgen in der Früh",
bei dem schlägt der Blitz nicht ein.

Eine Wünschelrute, die am Dreikönigstage geschnitten wird, ist unfehlbar. Sie kann, je nachdem was sie finden soll, auf einen der drei Magier aus dem Morgenland getauft werden. Auf Caspar, dann schlägt sie aus bei Gold, Balthasar findet Silber und Melchior Wasser.

Scheint am Dreikönigstag die Sonne, gibt es Frieden im kommenden Jahr.

Eine in der Dreikönigsnacht ausgeräucherte Kopfbedeckung hilft gegen Kopfweh.

Wer von seinem siebenten Jahre an den Heiligen Drei Königen zu Ehren an diesem Tage fastet, dem geben sie rechtzeitig bekannt, wann ihm zu sterben bestimmt sei.

Für Reisende und Wanderer empfiehlt sich, die Namen der Drei Heiligen Könige auf drei Zettel zu schreiben und sie unter der Kniekehle zu befestigen. Dazu sagt man: "Die Drei Heiligen Könige sind meine Weggesellen."
Das läßt einen schneller und leichter gehen, schützt vor Räubern, gibt Schutz gegen Waffen und gewährleistet eine sichere Reise.

Haus und Haustiere schützt man durch die, mit der am Dreikönigstag geweihten Kreide, geschriebenen Initialen der Heiligen Drei Könige C.M.B.. Dies schützt vor Brand, Unwetter, Dieben und man bekommt von ihnen Träume geschickt.

## Das ausgeblasene Licht

Am Fuß des Gebirges stand ein altes Bauernhaus. Da zog in jeder Dreikönigsnacht, welche sie dort auch Berchtanacht heißen, Frau Berchta vorüber. Die Heimchen begleiteten sie auf ihrer Fahrt.

Nun war es einmal so Sitte und geschah aus alter Verpflichtung, daß die Bäuerin einen Tisch mit Speisen und Trank an dem Hohlweg aufstellen mußte, wo der nächtliche Umzug entlangfuhr. Dann sprach Frau Berchta den Segen über die Gaben und die Geber, kostete wohl auch und blieb den Feldern, dem Vieh und der ganzen Sippe gewogen. Aber es waltete ein strenges Gebot, daß keiner an solchem Abend aus diesem Hause ging zu spähen oder zu lauschen, damit Frau Berchta nicht in frevelhafter Neugier belästigt würde, wenn sie sich einmal erquicken wollte.

An einem solchen Abend, als die Bäuerin wieder den Tisch an der Schlucht mit Sorgfalt bereitet hatte, und eben der Mond über den Bergwald aufstieg, da wurde die jüngste Magd des Hauses von Zweifel und Neugier geplagt.

Alsbald schlich sie sich hinüber, verbarg sich hinter dem Heuschober und lugte nach dem festlichen Tisch, auf dem noch die Speisen dampften.

So harrte sie ungeduldig, was sich begebe und trat von einem Fuß auf den anderen. Aber da wollte sich gar nichts tun. Kein Hase sprang über das Schneefeld, kein Vogel hing im vereisten Gezweig der Birke, die sich glitzernd wie ein Glasbaum im Mondlicht über die Tafel bog. Es schläferte schon die Stille des Wartens zu ihr herein, und das Mädchen verlor seinen Glauben an die Berichte der Alten.

Da endlich erhob sich ein feines Zirpen vom Bergwald her, wie Liedersingen und Saitenklang. Es kam näher mit trippelnden Schritten im weichen Schnee die Schar der seligen Heimchen. Voraus schritt Frau Berchta selbst, und um sie verdichtete sich der Mondschein zum Glanz. Die Kleinen hingen ihr an und schlüpften unter ihren wallenden Mantel wie die Kücklein unter die Fittiche der Glucke. Andere summten und sangen zu Zitter und Geige mit silberner Stimme. Am Ende schleppten sich einige mit einem schweren Pflug, der schleifte über die Äcker hin. Auch Krüge mit goldenem Tau gefüllt trugen die Kleinen. Der schwappte über und drang durch den Schnee in den schlummernden Boden.

Jetzt blieb Frau Berchta nachdenklich hinter dem Gabentisch stehen und sagte zu einem von den Heimchen: „Ich sehe zwei Lichter, die sind zuviel, geh' hin und blase sie aus."

Das Mädchen hinter der Holztür fühlte den kalten Anhauch auf seiner Wimper, und der Mondschein erlosch. Es stülpte sich über sie hin wie ein schwarzer Sack. Das schöne Singen vergrollte in Weh und Ach. Erschrocken stieß sie die Türe auf, aber auch dort draußen blieb sie in ihrer Lichtlosigkeit gefangen. Der Mond war tot.

So tappte sie weinend zum Hof zurück und suchte im Rauchfang nach dem gewohnten Leuchten der Flamme, aber die Herdglut biß nur ihre Haut und sengte die Wimpern, denn der Blick war erloschen. Blind war sie, und geblendet blieb sie, und da half ihr kein weises Sprüchlein.

Nun aber lebte auf diesem Hof eine uralte Frau. Die war noch von der alten Welt. Sie saß zu jeder Stunde am Herd, spann im Rauch und roch das Unsichtbare. Die Kunde von den alten Zeiten war ihr noch zugegen, und sie wußte mehr von dem Wechsel und Wandel der Dinge als die anderen. Manchmal, mitten im fleißigen Spinnen, hielt sie das Rädchen an, legte ihre welken Hände in den Schoß, blickte wie in weite Ferne und seufzte aus glücklicher Erinnerung: „Ach, das waren noch Zeiten, als Berchta spann", dann

brach ein Leuchten aus ihren alten Augen als wäre die Angerufene eingetreten.
Nun mußte die sonst so flinke Magd viel bei der Alten am Rauchfeuer sitzen und spinnen, Flachs brechen, hecheln oder sonst eine Arbeit machen, wie sie auch wohl ein Blinder zusammentastet. Aber sie saß da, steif und verstockt an der Glut, und ihre junge Seele war eingefroren vor bitterem Harm. Also verharrte sie in den Wintertagen vor Trotz und kein Trost der Alten vermochte sie zu erwecken.

Als aber endlich der Frühling aus allen Büschen brach und das erste Vogellied aus dem Blumengarten herüberwehte, da taute ihre Seele auch wieder auf, und die Geblendete rief in plötzlicher Freude: "Hörst du Großmutter, so hör doch wie der Vogel ruft. Was er wohl weiß, was er wohl will. Oh, wer nur die Sprache der Tiere verstünde, was möchte man da alles erfahren."
Da lächelte die Alte und sprach: "Auf dieses Lied habe ich lange gewartet. So will ich dir aus alter Erfahrung erzählen, was mir für Kunde wurde aus jener Zeit, als noch Frau Berchta überall unter den Menschen gewirkt hatte."
Sie knüpfte einen neuen Faden an den alten und erzählte von der Waldfrau, der Spinnstubenmuhme, der Herrin des Rosengartens und der Mutter der Heimchen. Immer neue Geschichten lockte die Junge aus ihr heraus und erhellte damit ihr dunkles Jahr bis wieder die Heiligen Zwölften kamen.
Schon duftete es im Garten nach Honigkuchen und süßem Gewürz, schon schwang die Verheißung vom Kind über die ganze Erde hinaus, schon rüstete sich die versunkene Sonne zur Wiedergeburt aus dem Schatten der Wendenacht.

Oft lag das Mädchen lange noch lauschend wach auf seinem Lager und bedachte alles, was der alten Großmutter Mund ihr verkündet hatte. Sie hatte sich selbst wie in einem Spiegel gesehen, durch die ihr die inneren Augen geöffnet waren. Sie hatte dies alles gelebt und gelitten wie eigenes, und da sie nun hinauslauschte in die Nacht aller Nächte, da wußte sie, daß die Erfüllung vor der Tür stand. So lag sie dann und wartete auf die Stunde, da gewahrte sie vom Kuhstall herauf ein sonderbares Getue.

Sie hörte, wie der Stier seine Hörner am Krippenholz wetzte. Und sie vernahm deutlich aus seinem wiederkäuenden Maul die dunklen Worte: „Du", sagte der Stier zur Kuh, „wußtest du auch schon, daß Frau Berchta der Blinden vergeben will?"

Da antwortete die Kuh: „Du, weißt du auch schon, daß Frau Berchta die Blindheit von diesem Mädchen nehmen will?"

„Wie soll das aber geschehen?" fragte dumpf der Stier.

Da antwortete die Kuh: „Es wird geschehen wie Frau Berchta der alten Großmutter verkünden wird."

Dies alles geschah nun dem Mädchen so wie im Traum. Sie vermochte kein Glied zu rühren, und es war diese Nacht voller verworrener Stimmen und dunkler Gesichter.

Am Morgen berichtete sie der Alten, was ihr die Tiere verheißen hatten.

Da sagte diese: „In dieser Nacht sah ich Frau Berchta über die Berge gehen. Sie sah aus wie meine selige Mutter, grüßte vertraulich und gab mir eine Bestellung mit. Du sollst ihr am Berchtenabend den Tisch an der Schlucht bereiten, dort will sie dir noch einmal erscheinen."

Ein Wort stützt nun das andere und so mag es denn wohl geschehen.

Die Sonne versank in der zwölften Nacht, da nahm die alte Großmutter das blinde Mädchen zur Hand und ging mit ihr hinauf an den Hohlweg. Unter der Birke schlug nun die Blinde den Tisch auf, bereitete weißes Linnen darüber,

strich das Tuch mit Sorgfalt glatt und rückte Schüsseln und Krüge zurecht. Aus ihren tastenden Händen stieg der Blinden das Bild des vorigen Jahres wieder herauf, wo sie beim Blick auf diese Gaben in ewige Nacht gefallen war. Ihre Augen wurden zu zwei lebendigen Brunnen und die salzigen Topfen sickerten in das weiße Linnen.
Da hörte sie eine gütige Stimme, die fragte ganz dicht über ihren Augen: „Der Mond, der scheint, wer barmt, wer weint?"
„Ach", so klagte sich das Mädchen nun schuldig. „Ich wollte Frau Berchta mit Augen sehen, und das war doch gegen ihr Gebot. Ich glaubte es nicht und verlor den Mond die Sonne und aller Dinge Leuchten."
Da sagte Frau Berchta, denn sie selber war wiedergekommen mit ihren Heimchen: „Das soll wohl wahr sein. Vor einem Jahr habe ich an dieser Stelle zwei Augen gelöscht und dafür zwei innere Lichter angezündet. So trage denn doppeltes Licht, gehe hin und vergess' das Beste nicht."
Und sie blies dem blinden Mädchen in die toten Augen, also daß das Licht aufblühte mit all seinen Sternen, und alles ringsum schien wie im Jahr zuvor.
Der Mond schien auch, der Tisch war zubereitet unter der glitzernden Birke, doch Frau Berchta mit ihren Heimchen war schon längst über alle Berge gezogen. Von fern nur wehte es noch wie Gesang und liebliches Saitenspiel.

## Der eiserne Handschuh

In Leibnig fand eine Bäuerin am Dreikönigstag morgens einen eisernen Handschuh auf dem Herde liegen. Sie zeigte ihren Fund dem Bauern und dieser sagte, daß derselbe vermutlich der Wilden Berchta gehöre. Man erzählte die Sache dem Pfarrer, der den Rat gab, den Handschuh in einem Kasten sorgfältig aufzubewahren, das ganze Jahr nicht anzusehen und ihn in der Dreikönigsnacht wieder auf den Herd zu legen.
Der Rat wurde befolgt. Und als im folgenden Jahr am Dreikönigsmorgen die Bäuerin in die Küche ging, fand sie an der Stelle des Handschuhs ein Häuflein Gold.

## Frau Berchta und die Kinder

In der Berchtennacht ging einmal ein Thierbacher Bauer von der Oberau heim. Es war so kalt, daß bei jedem Schritt der Schnee unter seinen Füßen krachte, denn der Himmel war glasheiter.

So hell war es in dem Kopf des Bauern aber nicht. Er hatte im Wirtshaus unten mit lustigen Kameraden ein bißchen zu tief ins Glas geschaut, und weil er nicht selten, statt einen Fuß vor den anderen zu setzen und zwischen den Ohren hindurch der Nase nach fortzugehen, wie der umgehende Schuster, drei Schritte vorwärts und drei Schritte rückwärts machte, so mußte er schon oft fein Atem holen, bis er zur Breitenlechner Rastbank hinaufkam.

Es schlug eben zwölf, und er setzte sich nieder.

Da hörte er aus der Ferne reden, viele Stimmen durcheinander; das kam immer näher und näher und da zog die Berchtel mit ihren Kindern gerade neben ihm vorbei. Das kleinste war zuhinterst, denn es hatte ein langes Hemdlein an und trat alleweil darauf, daß es am Barfußgehen gehindert wurde.

Der Bauer hatte Erbarmen, er nahm sein Strumpfband und schürzte ihm das Hemdlein hinauf, dann setzte er sich wieder nieder.

Da trat die Berchtel vor ihn und sagte ihm voraus, weil er so mitleidig und gut gewesen, werden alle seine Nachfolger tüchtig hausen und genug Zeug und Sach' haben.

Und wie die Berchtel prophezeit hat, traf es auch ein. Noch heutzutage erfreuen sich die Nachkommen jenes Bauern auf dem Hof „zu Hörbig" eines glücklichen Wohlstandes.

# Frau Holles Apfelgarten

Es geschah einmal, daß im Garten der schönen Frau Holle die Apfelbäume nicht mehr gediehen. Nun lebte aber unten auf der Erde eine alte Frau und deren Apfelbäume standen im Frühling in herrlicher Blüte und wenn der Herbst kam, senkten sich die Äste voll reifer Äpfel.
Da sprach die schöne Frau Holle zu ihrem Liebsten, dem Junker Tod: „Reite hinab zur Erde und hole mir die Alte herauf. Sie hat nun lange genug auf der Erde gelebt, und es wird Zeit, daß sie zu uns zurückkehrt."
Und so ritt der Junker Tod hinab zu der Erde, klopfte bei der Alten und sprach zu ihr: „Du hast nun so lange auf der Erde gelebt und meine Liebste, die schöne Frau Holle will dich bei sich haben, denn in deren Garten gedeihen die Apfelbäume nicht mehr. Deshalb soll ich dich abholen, daß du sie dort pflegst."
Nun hatte die Alte aber überhaupt keine Lust, die Erde jetzt schon zu verlassen, und sie sprach zum Tod: „Dann hab' ich jetzt auch noch eine Bitte: Laß uns noch einmal Karten spielen. Weißt du, ich habe am Kartenspiel immer eine Freude gehabt. Und wir machen es so, gewinne ich, dann mußt du mich hier lassen, gewinnst du, darfst du mich mitnehmen."
Der Tod war einverstanden und dachte, daß er die Alte im Kartenspiel leicht besiegen könnte. Er wußte aber nicht, daß das Haus der Alten an einer Heerstraße lag, und die Alte immer mit den Landsknechten Karten gespielt hatte. Sie kannte alle Kniffe. Die Alte mischte die Karten und gewann. Der Junker Tod runzelte die Stirne und sprach: „Laß uns noch einmal spielen."

Dieses Mal mischte er die Karten. Aber siehe, wieder gewann die Alte, und der Junker Tod sprach: „Jetzt laß uns noch einmal spielen!"
Die Alte erwiderte: „Gut, aber mehr als drei Spiele werden nicht gespielt. Das ist immer der Brauch. Über die Zahl drei gehen wir nicht hinweg."
Also spielten sie das dritte Spiel. Wiederum gewann die Alte, und sie sprach zum Junker Tod: „Geh nur allein hinauf, was gehen mich die Apfelbäume deiner Liebsten an, mir gefällt es noch in meinem Garten und hier auf der Erde."
So ritt der Junker Tod traurig hinauf in den Garten der schönen Holle. Als er nun allein kam, da zürnte diese mit ihm und sprach: „Du darfst so lange mein Lager nicht mehr mit mir teilen, bis du mir die Alte heraufgebracht hast."
Nun kamen die zwölf Heiligen Nächte und der Junker Tod wußte, daß in diesen Nächten jedem die Türe geöffnet werden mußte und sei es auch der größte Feind. Und so setzte er sich nun auf sein Pferd und ritt wieder hinab zu der Alten und pochte an die Tür. Die Alte öffnete. Sie war jedoch nicht sehr erfreut, als sie den Tod schon wieder sah, aber was wollte sie machen, es waren die zwölf Nächte, und da mußte ja jedem die Türe geöffnet werden.
Der Junker Tod sprach: „In diesen zwölf Nächten hat jeder einen Wunsch frei, und so habe ich nun den Wunsch, setze dich hinter mich auf mein Pferd, reite mit mir bis zur Gartenpforte meiner Liebsten und schau hinein. Und ich verspreche dir, wenn du nicht dort bleiben willst, werde ich dich wieder zurückbringen."
Die Alte sprach: „Gut, ich kann dir diesen Wunsch nicht abschlagen, aber du mußt es mir jetzt auch schwören, und du weißt ein Schwur, ein Eid in den zwölf Nächten ist zwölffach wert."
Und der Junker Tod, der schwor, daß er sie wieder zurückbringen würde zur Erde, wenn es ihr nicht gefallen würde.

Die Alte setzte sich nun hinter den Tod aufs Pferd, und sie ritten hinauf in den Paradiesgarten.
Dort öffnete der Tod das Tor einen Spalt und sprach: „Schau einmal hinein."
Die Alte schaute durchs Tor, und da sah sie die schöne Holle und die hatte eine Krone auf aus lauter Sternen, und sie war umgeben von lauter schönen jungen Mädchen. Aber die Apfelbäume, die sahen kläglich aus.
Da fragte der Junker Tod die Alte: „Wie gefällt dir denn der Garten, wie gefällt dir meine Liebste."
„Ja, sie gefällt mir schon, aber siehst du, sie ist umgeben von lauter jungen Frauen, und schau doch mal an, wie alt und runzlig ich bin."
Da sprach der Tod zu ihr: „Ja, weißt du denn nicht, wenn dich meine Liebste berührt, dann wirst du auch wieder jung und schön".
„Ja," zürnte da die Alte, „weshalb sagst du mir denn das nicht gleich und läßt mich noch drei Mal mit dir Karten spielen."
Und sie sprang hinein durch das Tor, die schöne Holle berührte sie, und da war die Alte wieder jung und schön geworden.
Dann aber machte sie sich an die Pflege der Apfelbäume, und seither gedeihen die Apfelbäume im Garten der Holle immer wunderbar.

# Holunder tut Wunder

Es begab sich aber auch im Verlauf der Zwölf Nächte, daß sich Frau Holle rüstete, wie immer in diesen erregenden Zeiten der Jahreswende, das Menschenland zu durchwandern. So kam sie auch über die verschneite Heide. Da war es Weihnachten im ganzen Land. Und sie horchte auf den Gesang der Bienen im hohlen Baum, auf den Atem der Tiere, die unter der Schneedecke schliefen oder in warmen Höhlen. Sie lauschte auf die Stimme der Steine und den strömenden Saft unter der Borke von Busch und Baum. Aller erstorbenen Blumen Frühlingshoffnung lag ihr im Ohr. Es stand aber einsam auf der verschneiten Heide ein kahler, stakiger Strauch. Seine Zweige knackten zum Erbarmen im Rauhfrost der Weihnacht.

Frau Holle lieh auch seiner Klage Gehör und fragte den Busch: „Was klagst du so?"

Da wehte es aus den brackigen Zweigen her: „Oh große Mutter! All deinen Kindern hast du einen Nutzen und Sinn in den Keim gelegt. Die Menschen brauchen die Nuß von der Hasel, die Rute von der Weide, und selbst den struppigen Ginster binden sie Winters in ihre Besen. Dem Flachs hast du gute Fasern gegeben und allen Blumen Schönheit zur Augenweide. Nur mir hast du weder Glanz noch Nutzen verliehen Und selbst die ärmsten Menschenkinder verschmähen mein Holz für den Hausbrand."

Die Klage rührte die Weise Frau an das Herz, und sie lächelte: „Gut denn, weil du den Menschen so gerne hold bist, so will ich dir selber den Namen geben, Hollerbusch sollst du von Stund' an heißen in ihrem Mund. Dazu verleihe ich dir eine edle Kraft, die dich wert macht vor allem Gebüsch."

Und sie schenkte dem Busch die Heilkraft der Rinde und der Blüten und füllte ihm seine tausend Beeren mit Arznei. Bei schlimmen Tagen, als Not und Krankheit die Menschen heimsuchten in ihren Häusern, erkannten sie bald die heilenden Säfte vom Holunderstrauch.
Da holten sie den verschmähten Busch in ihre Gärten, an ihre Höfe und alsbald war kein Backofen mehr in den Dörfern zu finden, in dessen Schutz nicht der Hollerbusch grünte und blühte zur Augenweide mit seinem Segen.
Die Kranken wurden gesund vom Trunk seiner Säfte. Und ihre Kinder spielten im Duft der schattigen Blütenteller die liebsten Reigen.

# Frau Frigg im märkischen Heideland

Das war in den Heiligen Zwölften, wenn der Sturm die Felder fegt und die Wälder kämmt. Da fuhr Frau Frigg noch einmal über das märkische Heideland. Und die Menschen verriegelten Fenster und Türen. Denn ihre segenbringende Sturmfahrt soll kein sterbliches Auge mit ansehen.

Es saß aber um die gleiche Stunde ein Bauer bei seiner Frau auf dem ärmlichen Hausflet. Da kam es näher mit schrecklichem Sturmgesang und raufte über das morsche Strohdach, daß den beiden da drinnen ganz bange wurde um First und Walm. Denn ihre Armut war groß.

Früher, als noch ihre Kinder lebten, kamen in diesen Nächten die segnenden Gabenbringer auch unter ihr Dach, sprachen den Spruch, gaben die Frucht und sahen auf Zucht. Dann hielten die Tiere wohl Zwiesprache in ihren Buchten, schwärmten die goldenen Bienen um das verschneite Heidekraut, daß es würzig nach Honig roch in dem ganzen Gehege, und es floß süßer Wein aus dem Hausborn in diesen Nächten der Wende.

Später aber war Mißwachs über den Hof gekommen, dazu die Seuchen. Die hatten Kind und Kuh, Kalb und Katze weggerafft. Und wieder bedrohte der Sturm das morsche Gebälk, und das Fachwerk krachte in allen Fugen.

Vor dem Druck der winselnden Winde sprang da die Haustüre auf, und es schnob herein wie die wilde Meute, rasselte durch alle Ecken, prasselte in der Flamme am Herd und sprühte dann mit tausend Feuerfunken zum Schlote hoch, weit hinaus in den geduckten Buschwald da draußen. Der Bauer erhob sich schwer und benommen, schlurfte zur Haustür und schlug sie unwirsch ins Schloß.

Da stieg aus dem aufgestöberten Aschenhaufen die neue Flamme hell zu den geschnitzten Pferdeköpfen des Rauchfanges auf. Bei ihrem Schein erkannten die beiden ein winselndes Hündchen am Herdplatz. Das lag da mit zottigem Fell, klopfte bettelnd den Schweif auf den Boden und fraß von den Feuerflocken der Asche. Es mußte wohl eben bei der offenen Haustür hereingesprungen sein.
Die Bäuerin nahm das Tier mitleidig auf, strich über das struppige Vlies und sprach: „Du bist in unsere Armut gelaufen. So haben wir wenigstens wieder eine lebendige Seele im Haus. Darum sollst du bei uns bleiben; so viel fällt immer noch ab."
Man konnte dem Hündchen wohl ansehen, es hatte sie Wort für Wort verstanden. Dankbar blickte es zu der neuen Herrin auf und rollte sich wohlig zusammen.
Mit der Zeit entpuppte sich das Tier als ein lustiger Spitz mit blanken Äuglein. Durch ihn kam ein neues Leben in das verfallene Haus.
Wohl mochten die Herzen der beiden mit dieser Gabe gewogen werden. Und es ergab sich, daß sie recht und treu waren und voll Freundlichkeit. Von Stund' an ging ihnen alles wieder so leicht von der Hand wie vor Zeiten, als sie noch in Fülle und Glück gewirtschaftet hatten. Das machte die warme Seele in ihrer kalten Einsamkeit.
Die Sonne indessen stieg in den Sommerbogen und sank zurück mit dem Jahr, bis daß es noch einmal Winter wurde und die Zwölf Nächte kamen. Der Bauer aber hatte einen neuen Riegel für sein Haustor geschnitzt, und mochte die Windsbraut auch rütteln und schütteln, der Klotz hielt stand.
Poch, poch, poch, schlug etwas gegen die Haustür. Die beiden dachten, es wird ein Verirrter sein, der vor dem Wetter noch unter Dach will. Drum erhob sich der Bauer und ging mit schweren Schritten, den Riegel zu lösen. Da stand im Eichenrahmen eine mächtige Frau. Die ragte ins Sturmge-

wölk unter den blitzenden Sternen. Lang wehte ihr Haar übers schlohweiße Kleid. In der Rechten hielt sie fest eine Peitsche.

Doch ihre Stimme klang ganz vertraut: „Fürchte dich nicht", rief sie ihm zu, „ich will nur mein Hündchen fordern, das ich im Vorjahr an dieser Stelle verlor. Ich weiß, ihr habt es gehalten wie euer eigen. So sind auch mit ihm, euch die guten Geister zurückgegeben. In dieser Einöde soll nun ein neues Leben wachsen. Kinder werden wieder im Hause spielen, Rösser und Kühe den Stall beleben, volle Frucht soll hinter dem Giebel liegen. Das alles gebe ich euch und den euren, solange warme Menschenherzen hier im Hause wohnen."

Damit lockte die weiße Frau das Hündchen, zog's auf ihren Schoß, und plötzlich standen alle Sterne in der leeren Haustür.

Noch einmal ächzte das alte Gebälk. Dann aber wurde es still und feierlich wie im Wald. Im Nu schlug eine neue Flamme aus der gesunkenen Herdglut, und ihr Schein erhellte den ganzen Raum.

Da glänzte es sonnenhell aus der Ecke, wo sonst das Hündchen gelegen hatte. Das war Gold.

Ein großes gediegenes Metallstück fanden die beiden in dieser Nacht als Geschenk der fahrenden Frau. Nun wußten sie wohl, daß dies Frau Frigg gewesen war, der sie den neuen Wohlstand verdankten. Da umarmten sie sich wie vor Zeiten im Schein einer neuen Lebensglut.

Mit dem kommenden Frühling füllte und festigte sich wieder das Haus. Kuh und Kalb, Ferkel und Fohlen, Hund und Huhn belebten den alten Hof.
Und bald ging die Wiege wieder den alten Gang, und Kinderlachen erklang überall, wo sonst die Seufzer der Armut hingen.

# Die Taube mit dem goldenen Stühlchen

Zwischen dem Thüringer Wald und dem Harzgebirge lehnte an einem Hügelhang der Hof eines gottesfürchtigen Bauern. Als nun wieder einmal das runde Jahr in die Zwölf Nächte mündete, schlich sich der Jungbauer, so wie er dies von seinem verstorbenen Vater gesehen hatte, heimlich hinaus auf den Acker und machte die Runde durch seinen Garten. Er schüttelte den Apfelbaum, er rüttelte den Birnbaum und sprach dazu den alten Spruch, den sein Ahne schon sprach:

„Bäumchen, wach auf,
Frau Holle kommt!"

Da vernahm er ein Rauschen im Gezweig, und ein Schauer rieselte herab durch den ganzen Baum, vom Wipfel bis zur Wurzel. Und es wehte im Winde heran wie Flügelschlag, und Frau Holle erschien im Federkleid einer weißen Taube. Sie schwebte über die verschlossenen Knospen der Krone, kreiste dann um den ganzen alten Garten und breitete ihre singenden Schwingen weit über das wellige Ackerland aus. Und wo sie flog, da senkte sich ein Segen nieder auf das Gefilde, sank in die schlummernden Wurzeln und Knollen unter schneebedeckten Schollen, auf daß sie wieder fruchtbar würden und Keime lockten im kommenden Jahr.
Der Bauer gewahrte auch ein goldenes Stühlchen an ihrem Fuß. Darauf setzte die Taube sich nieder, wenn sie die weite Reise ermüdet hatte. Und wo sie Rast hielt, da sind dann im nächsten Frühjahr die schönsten Blumen und Stauden gewachsen, als wäre dort ein umhegter Garten.
So wußte denn jener Bauer: In dieser Stunde hat Frau Holle wieder Umzug gehalten und hat die alte Erde gesegnet mit Strunk und Staude, mit Strauch und Baum.

## Frau Holle und der Kinderzug

Es war einmal eine junge Frau, der starb ihr Kind ungetauft und so wurde es nicht auf dem geweihten Friedhof beigesetzt. Und der Schmerz der Frau darüber war beinahe so groß wie über den Verlust des Kindes.

Nun wohnte am Ende des Dorfes eine weise Frau, viele hielten sie auch für eine Hexe. Man sprach, daß sie viel mehr wissen würde von dem, was zwischen Himmel und Erde vorgeht, als die normalen Sterblichen.

Nun kam kurz vor Weihnachten, die junge Frau zu der Alten und klagte ihr Leid.

Die Alte aber sagte: „Du braucht darüber nicht traurig sein. Ich gebe dir jetzt einen Rat, und das wird dir zum Trost gelangen. Am Frau Holle Abend, warte am Kreuzweg. Das wird dir Trost bringen."

Am Frau Holle Abend ging nun die junge Frau zum Kreuzweg und wartete dort unter dem Holunderbaum. Es wurde neun Uhr, es wurde zehn Uhr, und sie hörte vom Dorf elf Uhr schlagen. Kaum hatte die Glocke ausgeschlagen, da hörte die junge Frau ein Singen. Sie sah einen Zug Kinder, und vor ihnen schritt eine hohe, schöne Frau.

Wie sie näher kamen, da sah die junge Frau, daß sie gerade ihr kleines Töchterchen an der Hand hatte. Und Frau Holle wandte sich zu ihr und sprach: „Du mußt nicht traurig sein. Siehe, jedes Jahr an meinem Abend hole ich alle Kinder, die ungetauft verstorben sind und bringe sie in meinen Garten. Sie werden es dort schöner haben, als sie es je auf Erden gehabt hätten."

Und dann winkten sie ihr noch einmal zu und verschwanden. Seit diesem Abend war nun die junge Frau getröstet.

# Frau Holles Wagen

Es war einmal ein armes Ehepaar, dem wurde kurz vor Weihnachten ein Kind geboren. Der Mann ging am Morgen des Heiligen Abends hinaus in den Wald, um Holz zu hauen. Wie er nun auf dem Heimweg war, wurde er von der Nacht überrascht.

Als er an sein Zuhause dachte, an seine Frau und das neugeborene Kind, stieß er wie von ungefähr mit dem linken Fuß an eine Knolle, die unter dem Schnee verborgen lag. Alsbald erhob sich der Nachtwind aus einer Schlucht, der hob ihn wie Flügel aus seinem Pfad, blähte wie Segel des Wanderers Kleider und entrückte ihn ganz.

Nur mühsam vermochte der Mann sich auf Weg und Wirklichkeit zu besinnen, denn der ganze Wald schien im Wandel der Weihnacht. Alle Bäume hatten ein Licht aufgesteckt. Ein großes die großen, ein kleines die kleinen und es leuchtete von all diesem Schein als reihe sich Stern zu Stern. Immer dichter wurde das Holz, immer heller der dämmernde Zauberschein, der den Mann so verwirrte. Es mutete ihm an, als wüchsen alle Bäume aus einer gewaltigen Wurzel und als wäre der ganze Wald nur ein einziger mächtiger Baum.

Da stob es heran wie mit Rossen des Sturmwinds, davor sich alle Kronen beugten, und die wehenden Lichter wichen vor einem Fahrzeug, das aus der klingenden Ferne zwei dampfende Schimmel zur Stelle brachte. In dem zierlichen Wagenkasten saß eine weiße Frau, die spann einen langen silbernen Faden, und die Spindel tanzte weit unten im Grund. Aber wie eine schwere Woge am Ufer aufsteigt und stockt, so verhielten die Hufe den donnernden Lauf und der Wagen stand.

„Du kommst mir daher wie geheißen“, beugte die Spinnerin sich dem Holzfäller entgegen. „Nimm schnell dein Handbeil und verkeile mir meinen Wagen. Gib acht, daß der Nagel aus bestem Kernholz ist, denn Himmel und Erde muß er mit der Nabe zusammenhalten und wenn er bricht, zerfällt die Welt. Am kleinsten Werk hält die Ordnung der größten Dinge.“
Alsbald warf der Mann die Harke von seiner Schulter, kniete nieder und betrachtete den Schaden. Der Keilbolzen am linken Rad war zerschellt, das Rad in Gefahr auszuscheren. Er blickte auf zu der vornehmen Spinnerin und sprach: „Wer schnell hilft, hilft doppelt“.
Ohne zu zögern schlug er ein kerniges Bäumchen um, hieb es zurecht, daß die Späne nur so flogen und fertigte einen kräftigen Keil daraus. Dann schlug er diesen vor die Nabe und verfestigte ihn mit aller Kunst. Zum Schluß richtete er noch die Deichsel, rückte das Pferdegeschirr zurecht und schon rissen die Rosse an den goldenen Ketten, schnoben und brausten dahin.

„Die Späne nimm, dein Lohn steckt drin“, hörte er die Wagenlenkerin noch rufen.
Dann war alles, Frau und Wagen, in der dämmernden Lichtnacht versunken. In dem sausenden Nachtwind staubten die Flocken vom Schnee. Der Mann nahm nun ein paar der Späne, steckte sie in seine Tasche und warf das Beil wieder über. Dann ging er heimwärts, und es ärgerte ihn ein wenig, daß ihn die vornehme Frau nur mit einem lumpigen Abfall bezahlen wollte.
Wie er der Begegnung noch nachsann, drückte ihn sein Schuh, und es schmerzte ihn etwas Kantiges an den Fersen, daß er sich schließlich auf einem Baumstumpf niederließ. Da saß er denn, zog sich die Schuhe vom Fuße und

stülpte sie um. Wie er sie wieder anzog, da blinkte ein Häufchen von Spänen im Schnee. Die gleißten im Mondlicht wie eitel Gold und wogen wohl so schwer, wie gediegene Gulden. Da erkannte der Mann an der kostbaren Löhnung, daß es Frau Holles Wagen gewesen war, den er verkeilt und gerichtet hatte. Mit frohem Mut trat er denn in die Hütte ein zu Weib und Kind, brachte die schöne Mär von Frau Holles Umfahrt und legte den Goldschatz der Frau in den Schoß.

Sie hatten es nun zu einem bescheidenen Wohlstand gebracht, und was der Mann von da an in die Hände nahm, das wuchs und gedieh ihm. So war er denn inne der Weisheit, daß Himmel und Erde hängen am ehrlichen Tagwerk des Menschen.

Nun aber lebte in seiner Nachbarschaft ein reicher Bauer, der war sehr geizig und dünkte sich neun Mal klüger als andere, wie dies eben Narren so oft vermeinen. Er kreidete sich den bewußten Tag im Kalender wohl an und schlenderte im nächsten Jahr mit der Axt durch das nämliche Waldstück.

Und wieder fuhr Frau Holle daher mit ihrem Gefährt. Sie beugte sich über die Brüstung und fragte barsch den Bauern, woher er denn komme?

Dem schlotterten schon lange sämtliche Glieder und er stotterte mühsam seine Sprüchlein vom Beil, vom Wagenkeil und der goldenen Löhnung.

„Ich bin selber mit Werkzeug versehen und meine Axt liegt griffbereit. Weil du aber aus Habsucht dein Beil anbietest, sollst du auch durch das Beil deinen Lohn bekommen." Sprach's und schlug ihm ihr Beil in seine Schulter, daß Brust und Rückgrat zusammenklappten und hinten wie vorne ein mächtiger Buckel den Wuchs zerbrach. Schon rissen die Rosse am Geschirr und Weib und Wagen verwehten im Dunst der Ferne. Der Bauer aber trug entsetzt seine Ungestalt als Zeichen der Schuld nach Hause.

Da aber tröstete ihn sein Nachbar und sprach: „Wenn es wieder auf Weihnachten zugeht, dann bitte Frau Holle, denn sie wird nicht lange zürnen."

Und so zog er denn, nach einem Jahr, wieder am Heiligen Abend in den Wald. Da fuhr Frau Holle abermals vor, zügelte ihre Rosse, neigte sich über ihn und fragte nach seinen Geschäften.
Der Mann wies ihr seine Ungestalt und klagte sich ehrlich an, daß er durch Habgier und Aberwitz die edle Frau im vorigen Jahr aufgebracht hätte.
Da hob Frau Holle den Finger und lächelte: „Wisse, nicht mich hast du damals beleidigt, sondern dich selbst. Ich besinne mich wohl. Vor einem Jahr hieb ich mein Beil an genau dieser Stelle in einen gar groben Klotz. Der Klotz ist geblieben, der Grobian ist geschieden. So will ich das Beil denn dem Klotz entreißen."
Kaum gesagt, so stand der Mann wieder glatt und schlank nach seiner jungen Gestalt im Wald der Frau Holle. Ehe er sich aber seines Glücks besann und seinen Dank sagen wollte, da war die Erscheinung erloschen.
Wenn auch keine goldenen Späne mehr für ihn abfallen wollten, so trug er doch das schönste Geschenk mit nach Hause: einen gesunden Körper, wie ihn Gott einst erschaffen und gewollt hatte.

# Die Holundermutter

Vor langer, langer Zeit, da lebte in Lothringen einmal ein Mann und dem starb seine Frau und sie hinterließ ihm nur eine einzige Tochter, das Mariele. Das Mariele war fröhlich und freundlich, half jedem Menschen und war die beste Spinnerin weit und breit.

Neben dem Mann wohnte eine Witwe, auch die hatte eine Tochter mit Namen Marie. Aber die Marie half keinem Menschen, war immer unfreundlich und spinnen wollte sie überhaupt nicht. So verschieden die beiden waren, gingen sie doch immer werktags zusammen zur Schule und am Sonntag zur Kirche.

Eines Tages sprach die Mutter der Marie zur Mariele des Mannes: „Mariele, ihr beiden Mädchen geht immer miteinander, sag doch deinem Vater, er ist allein, und ich bin allein. Wenn wir heiraten würden, könnten wir zusammenziehen und viel sparen an Licht und Feuerung.

Das Mariele ging nun zu ihrem Vater und erzählte ihm was ihr die Nachbarin gesagt, und da sprach dieser: „Ja, was soll ich denn tun? Das Heiraten ist ein Lotteriespiel. Aber wenn morgen der Holunderbaum im Hof in Blüte steht, soll das mir das Zeichen sein, die Nachbarin zur Frau zu nehmen."

Siehe, als der Mann die Läden am nächsten Morgen aufschlug, stand der Holunderbaum in voller Blüte, obwohl es mitten im Winter, mitten in den zwölf Heiligen Nächten war.

Da sprach er zu seiner Tochter: „Geh hinüber zur Nachbarin und sage ihr, der Holunderbaum habe mir das Zeichen gegeben, sie zur Frau zu nehmen. Da kam die Nachbarin gleich gelaufen, und sie schwor ihm bei allem was ihr hoch und heilig war, daß sie seine Tochter genauso halten würde

wie die ihre. Das hat er auch zur Bedingung gemacht.
Am Anfang ging auch alles gut, denn da das Mariele eine fleißige Spinnerin war, hatten sie manchen Gewinn. Aber dann merkte die Frau, daß das Mariele bei den Leuten viel beliebter war. Vor allem die jungen Burschen sahen nur nach dem Mariele, und da fing eine schlimme Zeit an für diese. Die beiden Weiber quälten und plagten sie, wo sie nur konnten.
Eines Tages stießen sie das Mariele gegen das Spinnrad und da verletzte sich diese an der Hand, und die Kunkel wurde blutig. Sie lief hinaus zum Brunnen, um sie abzuwaschen, und da fiel die Kunkel in den Brunnen hinab. Sie lief zurück und erzählte weinend der Mutter, was ihr widerfahren war.
Da sprach diese: „Also, hast du die Kunkel in den Brunnen fallen lassen, holst du sie auch wieder herauf. Du setzt dich jetzt in den Schöpfeimer, ich lasse dich hinab, und irgendwo wirst du sie schon finden."
Das Mariele weinte und zitterte und hatte große Angst. Als es aber im Schöpfeimer saß, kam plötzlich eine große Ruhe über sie. Die beiden ließen nun den Eimer tief hinab in den Brunnen und als er weit unten war, ließen sie den Hebel los und der Eimer sauste in den Brunnengrund. Die beiden gingen zurück und dachten, daß sie nun das Mariele für alle Zeit loshätten.
Das Mariele kam nun auf den Brunnengrund. Da sah es ein großes Tor. Sie schritt durch das Tor, kam zu einer blühenden Wiese, auf der stand ein Apfelbaum, und der hing voll Äpfel und die Äpfel riefen ihr zu: „Schüttle uns, Schüttle uns, wir sind schon überreif."
Das Mariele schüttelte die Äpfel, las alle zu einem großen Haufen zusammen, ging weiter, und die Äpfel riefen ihr hinterher: „Sollst das Glück haben, das du verdienst."
Wie nun das Mariele weiterlief, kam es an einer Kuh vorüber, die einen silbernen Eimer an ihr Horn gebunden

hatte, und die Kuh rief ihr zu: „Melke mich, melke mich, mein Euter ist übervoll."
Das Mariele setzte sich, molk die Milch in den silbernen Eimer, ging weiter, und die Kuh rief ihr hinterher: „Sollst das Glück haben, das du verdienst."
Wie nun das Mariele weiterging, kam es an einem Backofen vorüber, der war voller Brote und die Brote riefen ihr zu: „Zieh uns heraus, zieh uns heraus, wir sind schon fertig gebacken."
Das Mariele nahm den Brotschieber, zog alles Brot heraus, legte alle in eine Reihe, ging weiter, und die Brote riefen ihr zu: „Sollst das Glück haben, das du verdienst."
Wie nun das Mariele weiterging, kam es zu einem Häuschen, das inmitten eines Hofes voller Holunderbäume stand. Vor dem Häuschen saß eine alte Frau und die spann einen Faden, der war fein, wie aus Seide und aus purem Gold, und die Alte rief ihr zu: „Sei gegrüßt, ich kenne dich wohl. Willst du in meine Dienste treten? Du wirst die besten Tage bei mir haben. Du mußt nur immer meine Gebote befolgen und vor allen Dingen, mußt du meine Betten schütteln, damit es zur richtigen Zeit auf der Erde regnet und schneit."
„Gern trete ich in Eure Dienste", sprach das Mariele, „aber wie heißt Ihr, wie muß ich Euch ansprechen."
„Ich bin die Holundermutter", sprach die Alte. Sie ging in das Haus, das Mariele folgte ihr und hatte nun die besten Tage bei der Holundermutter. Sie befolge deren Gebote, sie schüttelte auch immer die Betten richtig. So regnete und schneite es auf der Erde immer zur richtigen Zeit.
Als aber ein Jahr vorüber war, bekam das Mariele Heimweh, es machte sich auch Sorgen um seinen Vater.
Und da sprach die Holundermutter: „Geh zurück zu den Deinen und dein Lohn soll sein wie deine Arbeit." Sie reichte ihr ein Säckchen mit Samen und sprach: „Säe diesen Samen auf dem Acker hinter deines Vaters Haus."

Das Mariele sprang nun über die Wiese davon. Unter dem Tor aber, da wand sie sich noch einmal um, sie wollte der Holundermutter noch einmal zum Abschied zuwinken. Und siehe, da fiel ein goldener Regen herab und das Gold bedeckte das Mariele über und über. Ihre langen, seidenen Haare umhüllten sie wie ein goldener Mantel. In dem Augenblick kam der Eimer herabgerasselt in den Brunnengrund, das Mariele stieg ein, der Eimer wurde emporgezogen, sie wußte nicht von wem.

Sie sprang aus dem Brunnen und lief in den Hof. In dem Augenblick, als sie den Hof betrat, da fing der Holunderbaum an zu erblühen und der Gockel, der auf dem Misthaufen saß krähte: „Kikeriki, unser goldenes Mariele ist wieder hier."

Im Haus aber fiel das Mariele ihrem Vater um den Hals und erzählte ihm alles.

Nun kamen die beiden Weiber gelaufen, und die Frau wollte, daß ihre Marie das gleiche Glück haben müsse. Die Marie setzte sich in den Eimer, und die Mutter ließ sie in den Brunnengrund hinab. Die Marie schritt nun auch durch das Felsentor, kam zu der blühenden Wiese auf der wiederum der Apfelbaum stand, und auch ihr riefen die Äpfel zu: „Schüttle uns, schüttle uns, wir sind schon überreif."

„Dann verfault ihr halt", sprach die Marie. „Ich habe keine Lust, einen von euch noch auf den Kopf zu bekommen."

Sie ging weiter, und die Äpfel riefen ihr hinterher: „Sollst das Glück haben, das du verdienst."

Die Marie schritt nun auch an der buntscheckigen Kuh vorüber, die wiederum den silbernen Eimer an ihr Horn gebunden hatte. Und die Kuh rief ihr zu: „Melke mich, melke mich, mein Euter ist übervoll."

„Ich habe keine Lust, mich an dir schmutzig zu machen", rief die Marie und ging weiter.

Und die Kuh rief ihr hinterher: „Sollst das Glück haben, das du verdienst."

Die Marie schritt nun auch an dem Backofen vorüber, der wiederum voller Brote war. Und auch ihr riefen die Brote zu: „Zieh uns heraus, zieh uns heraus, wir sind schon fertig gebacken."
„Dann verbrennt ihr halt, ich habe Wichtigeres zu tun."
Sie ging weiter, die Brote riefen ihr hinterher: „Sollst das Glück haben, das du verdienst."
Die Marie kam nun auch zu dem Häuschen im Holunderhof, und wieder saß die Holundermutter davor und spann einen Faden, dick wie ein Finger und schwarz wie aus purem Pech.
Die Marie trat ganz keck zur Holundermutter und verdingte sich als Magd. Die ersten Tage gingen ganz gut, denn sie dachte an den goldenen Lohn. Aber dann fiel sie in ihre alte Art zurück. Sie befolgte die Gebote der Holundermutter nicht, vor allen Dingen schüttelte sie nicht die Betten, und so schneite es nicht auf der Welt, obwohl doch gerade die zwölf Nächte waren.
Da sprach die Holundermutter zu ihr: „Ich kann dich nicht länger brauchen, geh' zurück zu den Deinen, dein Lohn soll sein wie deine Arbeit." Sie reichte ihr ein Säckchen mit Samen und sprach: „Säe diesen Samen auf dem Acker, den deine Mutter dir hinterläßt."
Die Marie rannte nun über die Wiese davon und dachte, unter dem Tor komme nun auch der goldene Regen. Ein Regen senkte sich herab, aber der war aus purem Pech und das Pech bedeckte sie über und über.
Und in dem Augenblick kam der Eimer herabgerasselt, sie stieg ein und dachte das Wasser des Brunnens würde das Pech hinwegnehmen. Aber das Pech blieb an ihr haften. Der Eimer wurde emporgezogen, sie wußte nicht von wem.

Oben sprang sie aus dem Brunnen, lief in den Hof und auf dem Misthaufen saß wiederum der Gockel und krähte: „Kikeriki, unsere Pechmarie ist wieder hier."
Als sie aber das Haus betrat und ihre Mutter sie so sah, fiel diese vor Schreck tot um.
Nun haben die beiden Marien den Samen gesät, den sie von der Holundermutter empfangen haben.
Auf dem Acker der Marie sind lauter Dornen und Disteln gewachsen. Auf dem Acker des Mariele aber, da hat ein Flachs geblüht, so blau wie der Himmel selbst. Und als sie den Flachs gebrochen und versponnen hat, ist ein reicher Bauer gekommen, und der hat das Mariele zur Frau genommen. Als der Holunderbaum wieder geblüht hat, haben sie Hochzeit gefeiert. Ihren Vater hat das Mariele mitgenommen, das Häusle haben sie der Marie gelassen, weil diese nicht mehr unter die Leute konnte.
Das Mariele aber ist eine reiche Bauersfrau geworden und der Trost aller Armen. Im Winter hat sie immer ihren Flachs versponnen, in den zwölf Nächten aber, da hat sie nicht gesponnen, denn sie wußte, daß dies die Holundermutter beleidigen würde.
In diesen Nächten aber hat sie dem Gesinde, den Kindern, den Nachbarn erzählt vom Reich der Holundermutter, bei der sie gewesen und mit deren Segen sie wieder zur Erde zurückkehrte.

# Frau Berchtas Auszug

Im Saaletal zwischen Buchau und Wilhelmsdorf hatte Berchta, die Königin der Heimchen ihren Wohnsitz und ihre unsichtbare Nähe verbreitete Glück, Gedeihen und Heiterkeit über die ganze Flur.

Mit den Heimchen aber waren die Einwohner so befreundet, daß sie sich bei ihrer Arbeit an den Spielen und Neckereien der Kleinen, an ihrem plötzlichen Erscheinen und Verschwinden ohne Furcht und Scheu ergötzten. So lebten die Leute dort lange Zeit ein glückliches und frohes Leben, doch später entzweiten sie sich mit Berchta und das geschah so:

Es kam ein Mann aus der Fremde und sagte, man dürfe der Berchta nicht trauen. Die Kleinen, über die sie regiere, das seien Menschenkinder, die vor der Taufe gestorben und dadurch Berchta zum Eigentum verfallen wären. Einmal im Jahr, in der Nacht vor dem Heiligen Dreikönigsfeste sei ihr die Macht gegeben, ihre Tücken an den Menschen auszuüben.

Da wurden den Menschen die Heimchen unheimlich. Man mied sie ängstlich und schloß die Kinder in den Wohnungen ein.

Am nächsten Berchtaabend wurde der Fährmann im Dorfe Altar noch spät in der Nacht bestellt. Es war die zwölfte Stunde und als er zum Saaleufer kam, sah er eine große schöne Frau, umgeben von weinenden Kindern.

Erschrocken dachte der Mann daran, daß Berchtenzeit sei und wollte zurück in seine Wohnung, aber die Frau forderte drohend Überfahrt über den Fluß.

Sie trat in das Fahrzeug, die Kleinen folgten und schleppten einen Ackerpflug und eine Menge anderen Gerätes zu

ihr hinein unter lautem Wehklagen, daß sie die schöne Gegend nun verlassen müssen.
Der Schiffer begann die Fahrt, und als Berchta am anderen Ufer angelangt war, gebot sie ihm nochmals zu fahren und die zurückgebliebenen Heimchen vollends herüberzuholen. Auch das geschah.
Unterdessen hatte Berchta am Ackerpflug gezimmert, deutete auf die Späne und sprach zum Fährmann: "Da nimm, das sei der Lohn für deine Mühe."
Mürrisch steckte der Mann drei von den Spänen ein, warf sie zu Hause auf das Fensterbrett und sich selbst geängstigt ins Bett.
Am anderen Morgen lagen drei Goldstücke auf dem Platz, wohin er die Späne gelegt hatte.

# Der Kräuterdieb

In einer Stadt da lebte einmal ein Kaufmann und der hatte drei Söhne. Der älteste hieß Peter, der zweite, Paul und der dritte und jüngste hieß Johannes. Der Johannes aber war etwas langsam, und er begriff auch schlecht. Deshalb hielten der Vater und die Brüder ihn für einen Dummling.
Nun hatte der Vater einen Garten, und in dem hegte er besonders ein Kräuterbeet, denn er wußte, wie wichtig es in den zwölf Heiligen Nächten war, bestimmte Kräuter zu essen. Als er aber eines morgens in den Garten kam, siehe, da war ein Stück von den Kräutern abgegrast.
Der Vater wurde sehr zornig.
Dann befahl er seinem ältesten Sohn, dem Peter, in der Nacht Wache zu halten. Peter nahm starke Stricke und scharf geschliffene Säbel mit in den Garten. Doch als es zehn Uhr schlug, da war der Peter tief eingeschlafen und am nächsten Morgen war ein weiteres Stück von den Kräutern abgegrast.
Wieder wurde der Vater zornig. Dann befahl er seinem zweiten Sohn, dem Paul, Wache zu halten. Paul nahm nicht nur starke Stricke und Säbel mit. Er nahm außerdem noch ein paar geladene Pistolen mit in den Garten. Doch als es elf Uhr schlug, war auch der Paul tief eingeschlafen und am Morgen, da war dann ein weiteres Stück von den Kräutern abgegrast.
Jetzt aber geriet der Vater in einen großen Zorn, und er rief: „Ach, wenn heute Johannes, der Dummling, die Wache hält, der schläft mir ja am hellichten Tag schon ein, da brauch' ich ja von den Kräutern überhaupt nichts mehr ernten."

Der Johannes aber, der nahm nur einen ganz leichten Strick mit in den Garten, außerdem aber auch Dornen und Disteln. Und so oft er müde wurde, fiel sein Kopf auf die Dornen und Disteln, die er im Schoß hielt, und er wurde gleich wieder wach.
Und siehe, als es Mitternacht schlug, da ertönte plötzlich ein Klingen. Es war, als ob hundert silberne Glocken läuten würden. Und in den Garten herein, da kam ein kleines silberweißes Pferdchen gesprungen, das sprang in das Kräuterbeet und fing dort an zu grasen. Da schlich sich Johannes hinzu, fing das Pferdchen mit seinem leichten Strick, und es folgte ihm ganz gutwillig in den Stall. Dann legte sich Johannes zu Bett und schlief.
Am Morgen kam der Vater und die Brüder und die verspotteten ihn. Aber Johannes sprach: „Kommt mit mir!"
Er führte sie in den Stall, zeigte ihnen dort das kleine silberweiße Pferdchen. Da freute sich der Vater. Er schenkte dem Johannes das Pferdchen, und der gab ihm nun den Namen Kräuterdieb.
Bald darauf aber, da ging eine Kunde durch alle Lande, daß oben auf der Spitze des gläsernen Berges eine verwunschene Prinzessin wohne, und die warte auf ihre Erlösung. Ihr Erlöser, der müsse in den zwölf Heiligen Nächten bis zur Spitze des Berges reiten, müßte dort drei Mal das Schloß der Prinzessin umreiten und dann sei diese erlöst, sie würde ihrem Erlöser die Hand reichen und ihn zum Manne nehmen.
Nun hatten die ganzen Jahre zuvor in den zwölf Nächten viele Prinzen, Grafen und Ritter immer wieder versucht, die Spitze des gläsernen Berges zu erreiten, aber alle waren ausgeglitten und in die Tiefe gestürzt. Als nun die zwölf Heiligen Nächte gekommen waren, da sattelten sich auch die drei Brüder ihre Pferde.
Der Peter und der Paul, die ließen sich starke Pferde beschlagen, und sie legten sich glänzende Rüstungen an.

Der Johannes aber, der sattelte sich seinen kleinen Kräuterdieb und bekleidete sich nur mit einem Wollkittel. Als sie zum gläsernen Berg gekommen waren, da gab zuerst der Peter seinem Pferd die Sporen. Aber ach, das starke Pferd des Peter kam bloß bis zum ersten Drittel und dann glitt es ab, stürzte mit ihm in die Tiefe, und der Peter vergaß das Wiederaufstehen. Da gab der Paul seinem Pferd die Sporen, sein Pferd kam bis zum zweiten Drittel, aber auch sein Pferd glitt ab, stürzte mit ihm in die Tiefe, und auch der Paul vergaß das Wiederaufstehen.
Da gab der Johannes dem Kräuterdieb ganz leicht die Sporen, und der Kräuterdieb, der ritt in einem Zug bis zur Bergesspitze. Und dort ritt er klipp, klipp, klipp, klapp die erste Runde, klipp, klipp, klipp, klapp die zweite Runde und klipp, klipp, klipp, klapp die dritte Runde. Es war, als ob der Kräuterdieb diesen Weg schon hundert Mal geritten wäre.

Da öffnete sich die Tür des Schlosses und eine Prinzessin, so schön wie der helle Tag stand darin. Und die sprach zum Kräuterdieb: „Weshalb bist du denn von mir hinweggeritten, so daß ich nicht einmal eine Stunde um Mitternacht zur Erde reiten konnte."
Da merkte Johannes, daß der kleine Kräuterdieb das Zauberpferd der Prinzessin war. Diese aber reichte ihm die Hand, und sie nahm ihn zum Manne, und er lebte glücklich und zufrieden an ihrer Seite.
Der Peter und der Paul sind später wieder zu sich gekommen, aber den Johannes sahen sie nie wieder, denn der

lebt jetzt auf der Spitze des gläsernen Berges bei der Prinzessin. Dorthin aber hat seither kein Menschenkind mehr den Weg gefunden, denn die Prinzessin ist ja erlöst.
Aber immer in den zwölf Heiligen Nächten reitet sie auf dem Kräuterdieb mit dem Johannes zur Erde nieder, und wer die richtigen Augen hat, der sieht sie.

Sigrid Früh, geb. 1935, studierte Germanistik und Volkskunde in Tübingen und Zürich. Sie hält Seminare und Vorträge über Märchen, ist Märchenerzählerin in den verschiedensten Institutionen und eine der bekanntesten Märchenforscherinnen Deutschlands.
Zahlreiche Veröffentlichungen in verschiedenen Verlagen.

Literatur:
* Der Graf und die Schwanenjungfrau; 1976 von S. Früh in Lothringen aufgezeichnet.
* Ein Reiter in den Zwölften; H. F. Blunck: Wundermärchen, Flensburg und Hamburg, o.J.
* Der Rauhnachtspuk; E. Böck: Sagen aus Niederbayern, Regensbg. 1977
* Der Weihnachtsjäger; Fränkische Nachrichten 1928
* Der Wode; E. Fehrle: Sagen aus Deutschland, Stuttgart, o.J.
* Knecht Ruprecht; H. F. Blunck: Wundermärchen, a.a.O.
* Der Teufel kommt in der Christnacht; Fränkische Nachrichten 1927
* Die Christnachtzecher; J.N. Ritter von Alpenburg: Österreichische Alpensagen, Wien 1861
* Die Bräutigamschau; E. Meier: Deutsche Sagen, Sitten und Gebräuche aus Schwaben, Stuttgart 1852
* Das Fräulein auf der Hochburg; K. Haller: Volksmärchen aus Österreich, Wien - Stuttgart - Leipzig, o.J.
* Die redenden Pferde; A. Schöppner: Sagenbuch der Bayrischen Lande, München 1852-1854
* Kraft des Johannessegen; B. Baader: Volkssagen aus dem Lande Baden und den angrenzenden Gegenden, Karlsruhe 1851
* Der Nußkaspar; E. Fehrle: Sagen aus Deutschland, a.a.O.
* Das Haus der Meerfrau; L. Laistner: Nebelsagen, Stuttgart 1879
* Die Geisterversammlung in der Silvesternacht; K. Lohmeyer: Die Sagen der Saar, Saarbrücken o.J.
* Das ausgeblasene Licht; K. Paetow: Frau Holle, Märchen und Sagen, Hannover 1952
* Der eiserne Handschuh; I. V. Zingerlo: Sagen aus Tirol, Innsbruck 1891
* Frau Berchta und die Kinder; I. V. Zingerlo: Sagen aus Tirol, a.a.O.
* Frau Holles Apfelgarten; 1992 aufgezeichnet von S. Früh, nach der Erzählung einer Aussiedlerin aus Litauen.
* Holunder tut Wunder; A. Straub: Deutsche Blumensagen, München o.J.
* Frau Frigg im märkischen Heideland; E. Franke: Sagen und Märchen von der Frau Holle, Berlin 1923
* Die Taube mit dem goldenen Stühlchen; H. Wühr: Ewiger Sinn im zeitgebundenen Sinnbild, Stuttgart, 1938
* Frau Holle und der Kinderzug; 1987 von S. Früh im Elsaß aufgezeichnet.
* Frau Holles Wagen; 1990 von S. Früh in Thüringen aufgezeichnet.
* Die Holundermutter; 1986 von S. Früh in Lothringen aufgezeichnet.
* Frau Berchtas Auszug; P. Quensel: Thüringer Sagen, Jena 1925
* Der Kräuterdieb; 1992 von S. Früh in der Schweiz aufgezeichnet.

* zu Aberglauben und Brauchtum:
Handwörterbuch des Deutschen Aberglauben, Berlin u. Leipzig, 1927-42
E. Meier: Deutsche Sagen, Sitten und Gebräuche aus Schwaben, a.a.O
A. Birlinger: Volkstümliches aus Schwaben, Freiburg 1861-62

152 Seiten · illustriert
**mit CD**
DM 19,80 · sFr 19,- · öS 145,-
ISBN 3-926789-28-X

Alte und neue Märchen zeigen den Facettenreichtum der Liebe; voll geheimnisvoller Symbolik, tragikomisch, unbeschwert oder mit frivoler Erotik, immer jedoch unterhaltsam und auf knisternde Weise spannend. Die beiden Herausgeber Sigrid Früh und Roland Kübler nehmen den Leser mit auf eine Reise in das grenzenlose Land der Liebe, für das es auch heute noch keine Landkarten gibt.
**Mit der beigelegten CD ist dieses Buch ein Fest für alle Sinne!**

Auch in seinem neuen Buch verknüpft Roland Kübler verschiedene Ebenen von Wirklichkeit zu einem neuen, faszinierenden Muster und erzählt Märchen im Märchen.
Ein echtes „Lichtauge" begleitet den Leser auf der abenteuerlichen Märchenreise.
*„Der bekannte Märchenerzähler lädt ein, die Segel der Phantasie zu setzen, um Länder zu entdecken, die als Kind noch allgegenwärtig waren, doch mit den Jahren untergingen." (LebensArt)*

96 Seiten · illustriert
**mit Moosachat**
DM 19,80 · sFr 19,- · öS 145,-
ISBN 3-926789-25-5